遠い空の下の

小沢美智恵

Single Cut Publishing House

遠い空の下の

カバー絵：大場節子「アルザスの地に花のように酔い」／本文絵：大場節子「親知らず」「遠い空の下の」「ゆきあいの空」「アジ—祖母さん」（大場節子画集『ラ・カンパネラ、すべては歓びに翔け』シングルカット社刊から）／本文イラスト：石山博司「冬の陽に」／装丁・本文レイアウト：シングルカット社デザイン室

目次

親知らず …… 5
遠い空の下の …… 73
冬の陽に …… 137
ゆきあいの空 …… 165
アジ──祖母さん …… 207
あとがき …… 276

親知らず

　織田さん、あなたから小包が届いたとき、わたしはちょうど夕食をとっているところでした。ハムともやしときゅうりのサラダに、トリの唐揚げ、ひじきの煮つけ、そんな息子の好物ばかりの献立で、わたしはひとりビールを飲んでいました。

　チャイムが鳴ったので、息子の史也が帰ってきたのか、と出てみると、宅配便の配達員がハトロン紙に包まれた荷物を手に立っていたのです。荷造り用の紙ひもで十字にしばられた包みはずしりと重くて、わたしはあやうく取り落としそうになりました。

　——何が入っているのだろう。

　いぶかりながら開けてみると、中からは、二つ折りにして輪ゴムで止めた手ずれた紙の束が、猫の死体か何かのようにゴロリと出てきました。

　種類も大きさもまちまちの紙が、いく束かに分けられ、黒い綴じ紐でとじられたあなたの原稿でした。

　わたしは慌てて、手紙が添えられていないかどうか、中をさがしてみました。原稿を見た途端、もうあなたはこの世にいないのではないか、なぜかそんな思いにとらわれて、ビールの酔いが一瞬のうちに醒めていくような気がしたからです。

手紙はすぐに見つかりました。原稿用紙の間に週刊誌大のよれよれになった茶封筒がはさまっていて、中に白い封筒を開いて便せん代わりにしたギザギザの紙が入っていたのです。

　こんな紙片ですみません。胃の腑切除で前後不覚、いまだものの別もはっきりしません。やはり発表をお願いしたく、いろいろ申し上げてご不快でしょうが、何分お願いいたします。

そこには、ひどく震えた文字でそう書かれていました。

かすれがちなその青いボールペンの文字を見つめ、原稿の束を見つめ、わたしはだんだん緊張していきました。

あなたが瀕死の床にいて、最後の頼みとしてわたしに原稿の発表を託した。そう思うと、通りすがりに赤ん坊を手渡されてしまったような困惑が、しだいに大きくなって心の中に渦巻いたからです。

胃を切除したというからには、あなたはどこかの病院に入院しているのでしょう。けれども、宅配便の送り状にはあなたのではない筆跡であなたの住所、氏名が書かれているだけで、現在あなたがどこにいるのか、手術後の状況はどうなのか、手がかりになるものは何もないのです。

身よりのない一人暮らしのあなたでしたが、わたしは、もしかしたら留守宅にだれかいるのでは、というかすかな望みをもってあなたの自宅に電話をしてみました。が、何度ベルを鳴らしても応答はありません。

ふと、原稿に目を落とすと、タイトルはひと文字「死」です。

わたしはますます重苦しい気持ちになって、あなたの状況を知る糸口はないか、と便せん代わりの白い封筒とそれが入っていた茶封筒を仔細に見てみました。

白い封筒の表には、鉛筆の走り書きで「一万円預かり。村山氏、オムツ代四三〇〇円、おつり五七〇〇円」と書いてあります。茶封筒には、宛名のところにあなたの住所とあなたではない「村山正治」という氏名が記されていて、それが大きな×印で消されていました。下の方には福祉事務所の住所と案内図が印刷され、その横に、しばらくは老人医療センターにいます、とこれはあなたの筆跡で書かれていました。

手がかりはそれだけでしたが、わたしは電話局の番号案内であなたの住む区の老人医療センターの電話番号を訊き、村山正治という人が入院していないかどうか、問い合わせてみました。あなたの本名は知りませんでしたが、「織田房雄」という名がペンネームであることは承知していましたから、封筒に書かれている名が本名だろうとあたりをつけたのです。はたして村山氏は入院していました。センターの係の人は、親切に、病室の番号や面会時間、最寄り駅からの道順などを教えてくれました。

わたしはそれらをメモすると、ひとまずはホッとして、泡の消えたビールを飲みほし、冷蔵庫から新しい冷えたビールを出してきました。

――とにかく、生きていた。

それが実感でした。

あなたの正確な年齢は知りませんでしたが、あきらかに八十歳は越えているはずでしたし、胃の摘出手術をして、オムツまでしている――それを思うと、わたしは、そうしている間もあなたが死につつあるように思われて、心落ち着かなかったのです。

ビールを飲みながら、わたしは原稿を手に取ってみました。

まず目次があり、推敲の跡のすさまじい本文が続き、あとがきがありました。あちこちに糊付けされたり切り張りされた箇所があり、手直しの入った活字原稿も所々にはさまって、それは不気味にふくらんでいました。何度もめくったのでしょう、紙の端はいずれも手ずれていて、暖簾のように裂けてしまっているところもあります。

執念というのでしょうか。その紙束のもつ異様な迫力に圧倒されて、わたしはビールを飲むのはやめ、判読しにくい文字を一字一字指で追うようにして読みはじめました。

書き出しはこうです。


　死ぬのは間近い。齢八十を越しては長く見積もったつもりの予定さえ過ぎて、いやでもその用意をしなければならないが、用意といったところで、見苦しいものは地下に埋《い》けもするくらいなことで別段のことでもない。それも、もっともじゃまな死は、あの、まるっこい蛆が十匹か、百匹か、いや千匹か、よってたかってまつわりつきながら、多分うまいのだろう食ってもくれるから、自分から骨を折らずに済みもしよう。といって気がついた。わが国では火葬だから、いやそれも親切な隣人が始末してくれるはずで、気にするのは取越苦労というものだろう。

わたしは読む手を止め、しばらくじっとしてから、先の方をぱらぱらとめくってみました。読むからには腰を据えてかからなければという気になりながら、この先何が書かれているのか気にもなったからです。

目に飛び込んでくるのはこんな文章です。

人が死を恐れるのは何故か。より生きていたいがためにほかならない。だが、せっかくの念願が達せられるのも、せいぜいのところ九十年がせいいっぱいで、ときとして白寿を越えもするのは、あれはおもしろくもない茶番にすぎず、いくら年をとってからとはいえ、他人には心やさしい死も、たとえ五センチでも先に立ってはくれず、ずるしてこの世にまぎれ残ることなどないように、眼をいからせもするだろう。

皮肉なもの言いにわたしは思わず苦笑しながら、髪も眉もまつげも髭も真っ白なあなたの穏やかな風貌を思い浮かべました。年下のわたしにさえいつも敬語を使っていたあなたは、わたしの知るかぎりいつも謙虚で、皮肉などいう人物には見えなかったのですが、心のうちでは常に斜に構えたものの見方をしていたのかも知れません。

いったい人に死を教えたのは何ものだったのか。

教えられたなら大悟して、彼此二世を超えもしようものを、事実はただおろおろ恐怖におののくばかりか、誰もがする絶望にまみれては、人間の世界から引き剥がされていくばかりである。こんな世におよばれされて、何がめでたかろう。せいぜいのところ、運命とやら、因縁とやら、あるいは偶然とやらにねじ伏せられるばかりではないか。しかもこの生涯の短さはどうだ。この短い、せめてもの偶然でしかないというのに、そこですることといっては、いや、しなければならない、いや、たとえ厭でもさせられるのは、いったい何だろう。

わたしの目が、「死」という文字に吸い寄せられてしまうのでしょうか。やたらと死にまつわる文章が目について、わたしは周囲に鯨幕でもはりめぐらされたような気分になり、思わずため息をもらしました。

こんな「死」に充ちみちた作品を出してくれる出版社などあるのだろうか。そう思うと、あなたの頼みに取り組む前に心がくじけて、わたしは内心厄介なことになったと思い、ひそかにため息をつきました。けれども、今のわたしに、死んでゆこうとしている人の頼みをむげに断る勇気などあるでしょうか。
ページを繰れば、

いまこそ住むに家なく、年のせいとはいうものの生活の手だてを喪い、そうして病はつのるばかりか、ひそかに追い迫っているに違いない死床を迎える用意も心身ともにままならず、看取ってくれるものとてもない身の上は、架空とはいいながら、しらちゃけるばかりの川原を足音もなしに独り旅ゆくおのが後ろ姿を思い合わせないではいない。

と、あなたの孤独な姿が見えてくるばかりです。わたしは、しょうがない、乗りかかった船だ、とまたため息をつき、とにかく翌日見舞いに行くことにして、あなたの原稿を一晩かかって読みました。

それは、死を前にしての、あなたの自伝といってもいいのでしょう。

父に去られた胎児のあなた。母に去られた幼いあなた。恋人に去られた青年のあなた。妻子に去られた中年のあなた。そして、今、生命からも去られようとしている老年のあなた。それらがあなたの出会ったさまざまな「死」と響きあって、白鳥の歌のように聞こえる、哀切なあなたの物語でした。

織田さん、わたしは、あなたが、なぜ、あのときわたしたち親子に声をかけたのか、そのときようやくわかったような気がしたのです。

二

あれは、史也が七歳のときでしたから、もう十年以上も前のことです。

フリーの校正者であるわたしが、週に二日出かけていく印刷所でゲラ刷の校閲をしていると、視界の隅を、紙コップをつかんだ手がゆっくりと横切ったのです。大きなテーブルが五卓ずつ二列になって並んでいる大部屋の校正室でした。

目をあげると、顔だけは見知っているあなたが立っていました。あなたは、懐かしげとでもいうのか、日向に出した猫みたいにまぶしげな顔になって、わたしの向かい側で夏休みの宿題を広げている史也の前に、黙ってオレンジジュースの入った紙コップを置きました。そのまま自分の席に戻ろうとしたので、

「この子に下さるんですか？　ありがとうございます」

わたしが慌てて声をかけると、あなたは片手を小さく振って、

「いやいや、さきほどからあなたたちのやり取りを拝見していて、思い出しましてね」

と、困ったような、はにかんだような笑顔を見せたのです。

人なつっこい性格の史也が、にこにこしながらあなたを見上げ、紙コップに手を伸ばすと、あなたは返事の代わりのように、しわばんだ手で自分の禿げた頭をゆっくりと撫でました。そのままじっとジュースを飲む史也を見つめているので、

「同じ年頃のお孫さんでもいらっしゃるんですか？」

わたしは無思慮にたずねました。

「いや、わたしも昔は妻子がいたんですがね。今はどこにいるのか……。生きているのか、死んでいるのか、それもわからんのですよ」

「はあ……」

「わたしが母親と離れたのが、ちょうどこの坊ちゃんくらいのときでしてね……。釜に残ったお焦げで塩にぎりを作ってくれたときのことなどふっと思い出して……。いや、失礼」

そういって帰っていくあなたの後ろ姿を、わたしは二重の意味でヒヤリとした心持ちになって見送りました。その頃のわたしは夫と別れたばかりで、このさき夫と息子が互いの生死もわからないような状況になることもありうるのかと思うと、冷たい刃物でも押しつけられたような、一種慄然とした気持ちになったのです。

もちろん、それはわたしの問題で、あなたには何の関係もないことです。が、それでわたしは、あなたとの交流のはじまりをよく覚えているのです。

夏の間、学校のない史也はわたしと印刷所に通って、巨大な巻紙が轟音をたてて新聞になって出てくる印刷機を見せてもらったり、新聞を作る過程で使うちょっとした装置にさわらせてもらったり、手の空いている社員に五目並べの相手をしてもらったりして過ごしました。一日の大半を母親のそばに坐って、絵を描いたり、おやつを食べたりして飽きない子どもを、あなたは気にしつづけていたのでしょう。

小学校の二学期が始まり、わたしが一人で仕事をしていると、あなたはふらっとわたしの

テーブルにやって来て、

「お子さんはどうしました？」

妙に真剣な顔になってたずねました。わたしが、長い夏休みが終わって喜んで登校しているると答えると、あなたはようやく合点がいったというように肯きながら、

「そうですか、お子さんは喜んで学校へ行きますか。わたしは学校が大嫌いでしてね、小学校もろくろく行きませんでした。そうですか……」

と独り言のようにつぶやいて、

「ご子息は、わたしに、ヨージノゲンソーを再現させてくれましてね。母と一緒だったら、あるいはわたしもこうだったろうか、と……。実は、母親のことを書いたものがあるんです。ご迷惑でなかったら、その、読んでみてくれませんか」

そう聞き取りにくい声で訊いたのでした。

いささか唐突な感じがしないではありませんでしたが、こんなとき、迷惑ですと断る人はそうはいないでしょう。わたしは、ええ、よろこんで、と答え、翌日あなたから一冊の雑誌を受け取ったのでした。

それは古いものでしたが、今でも毎月本屋の店頭に並んでいる一流の文芸誌でした。手書きの原稿を予想していたわたしは、

「えっ、こんな雑誌に書く方だったんですか」

と失礼にも驚きながら、目次を開いてどの作品か教えてもらいました。

あなたが指差したタイトルも、作者名も、残念ながらわたしは知りませんでしたが、以来わたしはあなたをそのペンネームで、織田さんと呼ぶようになったのです。

家へ帰って、わたしは寝床であなたの作品を読みました。ようやく一人で本を読めるようになった史也と枕を並べて読書をするのが、その頃のわたしのささやかな楽しみで、それはまた一日の締めくくりにもなっていたからです。

「わたしは未だ母に呼びかけたことがない」という一文でそれは始まっていました。続きを引き写せば、

わたしがわずかな間育った信州ではふつう、おっ母んとか、母やんと呼んでいた。どう呼ぶにしても、わたしは気恥ずかしかった。ためしにでもいい、呼びかけないなら、と刃をふりかぶられたとしても口には出せなかったろう。

——わにてばかりいて。

これが、顔見知りしては損をしてしまうわたしをかばう祖母の人様へのいいわけだったが、そうされると一層いじけたわたしは、それまでよりもっといやな顔つきをしたものである。(中略)

それが、母よ、いまは呼びかけたい。何の故か、それは知らない。知れないままでいい。幽明相隔たって三十余年、今夜はあなたに呼びかけたい。

あなたは、わたしの身の上をどう気づかってくれているのか。あなたも知っての三世

は、おたがいもうこんな年だというのにわたしから去っていった。これといい立てるほどの原因はなかった。ただ思い当たるのは、病身な長男の先行きについて考えてやらなければならない事情があって、三世が話しかけよう、話しかけようとするのを、わたしが避けてばかりいたことだ。相手のためを思ってやることを口に出さなければならないとなると、ましてやそれが肉親となるとどうにも気恥ずかしいのである。これではまずいと思いはするものの、せっぱつまった三世がわざわざ目の前にきて坐ると、おもはゆさに堪えかねて、わたしはつと立ちあがる。三世が追いすがると、ふり払って外へ出てしまう。こうしたことが度重なったのである。あれからもう六年、まともに声がかけられないおもはゆさは三人のこどもにも同様だったが、三世はわたしから去るにあたってどういいふくめたか、ともに去っていった長男はじめどの一人からも、その後電話ひとつかかってくるでもなければ時候のあいさつ状一枚くるでもなく、どこにいるのかその行方すらさらに知れない。

そこには、かつてあなたが洩らしたあなたの境遇にそっくりな「わたし」が出てきました。正直いってわたしは、作品内の夫と自分の別れた夫の態度があまりに似ているので、日本の男性というのはみなこういうものなのだろうかと何か嫌な気がしたのです。が、気づくとわたしはいつのまにか作品世界に引き込まれ、主人公が母親と別れ、再会して確執を強め、和解しないまま死に別れ、後悔の念とともに思い出す、そのさまを目の当たりにしましした。そして、あなたの書く文章に、ときに妖しいほどの抒情が漂うことに目を見張ったのです。

たとえば、あなたは、母親がアメリカへ渡航する前に、離ればなれに住みがちだった主人公を連れ、生まれ故郷に別れのあいさつにいったときの情景を、こんなふうに書いています。

あなたは、いまにも泣き出しそうなわたしにも口をきこうとしないまま馬車に乗った。（中略）

小布施を通り越して、千曲川に架けられた船橋に達したとき、船橋を越そうとしたとき、岸辺に垂れている柳の梢で鳶が鳴いた。指差してあなたはわたしに見せようとした。もう目にしていたわたしはあなたがせっかく教えるのを無にしたくなかったが、肩に手をかけてゆすられると、肩をひねってふり払った。頭にぶつかったのがあなたの頬だと知りはしたけれども、なおそ知らぬ顔をしたまま行き過ぎる外を見送るふりでそっと見ると、あなたは頬を白いハンケチで押さえていて、眼には涙がうかんでいた。わたしはなおも走り去る外を見るふりをしつづけた。見はるかす青い朝靄の彼方まで一面燃え立つような紫雲英の海であった。日ごろ乗りたい、乗ってみたいと願っていた馬車に乗って、それも母よ、あなたといっしょで、わたしは馬車からとび下りたかった。とび下りると、両腕は白い翼と化す。馬車より速く翔けられるのを、わざとゆったり羽博いては馬車を追う。
そのときアメリカへ渡航の手続きは一切すんでいて、あなたは生れ故郷の富山へ別れのあいさつにいき、二三日して須坂へ帰ると、わたしをつれて授業中の教室へ受持の先生をたずねたが、これもわたしのことをよろしくといいにいったのでもあったろう。（中略）
その翌朝のことである。うつ伏せのまま泣いているわたしの眼の前には数多くの足が入り乱れていて、その中をあなたの白足袋が、ツッ、ツッと足早に外へ出ていった。あなたはアメリカへ旅立ったのであった。

これを読んで、わたしがどんな感慨を抱いたか、あなたにおわかりになるでしょうか。朽ち木だと思ってのぞいた木の内部が、全面豪華絢爛な曼陀羅におおわれていたというような、思いもかけない驚きだったのです。

あなたの存在をわたしはずっと前から認識していました。

新聞が専門のあの印刷所には、印刷設備をもたないいろいろな業界紙の人間が出入りしていましたが、皆同じようなペースで動く中で、あなただけが微妙に違っていたからです。たぶんに年齢のせいでしょう。あなたの動作は基本的にゆっくりしていて、校正室の戸口で人と鉢合わせをした場合など、必ず先に人を通し、それが何人になってもあきれるほどいつまでも待っていました。

冬場は暖房してある部屋でコロンボ刑事のようにコートを着たままでしたし、昼食には一年を通じてタンメンの出前を取り、それがすっかり冷めきったころに食べていました。ラップをかけられたままどんどん伸びていく麺を見ているのが、わたしにはなぜかつらくてたまらなかった。歯のないあなたが麺を柔らかくしてから食べているのだと気づくまで、いつもわたしはじりじりした思いであなたの麺を見ていたのです。

あきらかに高齢だとわかる残り少ない真っ白な頭髪。眉や髭ばかりかまつげまで白いもの静かなあなたを、わたしは「老人」という言葉でひとくくりにしてしまっていたのでしょう。

そんなあなたを縦割りにして、観音開きに開いたら、中には老人の枯れたイメージとはほど遠いみずみずしい世界が広がっていた——そんな思いにとらわれて、わたしは心の底から驚嘆したのでした。それは、ちょうど、梶井基次郎の武骨ともいえる肖像を見てから、あの繊細な作品に触れたときのような、一種独特の感慨でした。

わたしはその思いを、失礼になる部分はのぞいて手紙に書き、雑誌を返すときに一緒に手渡しました。

それからです。あなたはわたしの負担にならないような間隔をあけて、自分の作品を見せてくれたり、自作以外の本や映画のビデオ、音楽のテープまで、これはよいから、と薦めてくれるようになりました。

ゲラの出るのを待っているときなど、あなたは不意にわたしのテーブルの前にあらわれて、少しおしゃべりしていくことがありました。あなたの声は小さくて、歯がないためか発音が不明瞭でしたから、聞き取るのは案外骨が折れました。あまり何度も訊き返すのもためらわれて、わたしはわかったふりをすることも多かったのです。たいていはとてつもない昔の話で、何の前ぶれもなく、あなたは、

「小さい頃、ずっと祖母さんと住んでいましてね。これが他に何の楽しみもなかったんでしょう、女だてらに五合酒を飲むんです。それをわたしは、女のくせに、とどこか恥ずかしく思っていて、夜、酒がなくなったときなど使いを頼まれると、店が開いてなかったとか何とか理屈をつけて、二回に一回は買ってきてやらなかった。今になって、どうしてもっと気持ちよく飲ませてやれなかったのかと……」

などとため息をつくようにして、いや、失礼、と帰っていくのでした。

あなたが校閲を受け持っている業界紙を、わたしは読んだことはありませんでしたが、ときどきあなたはゲラを持って、「ぽ」と「ぼ」など小さくて識別しにくい文字が合っているかどうか訊きにきたり、記事中に出てくるのか、「ゾンビってなんですか？」とたずねたりしました。時の首相の写真と氏名を差し示して、「これで合ってますか？　わたしは新聞もテレビもまったく見ないのでわからんのですよ」と小さな声で笑ったこともありました。

そんなつきあいが六、七年ほど続いたでしょうか。あなたは印刷所で突然足許からくずれるようにして倒れ、それを機に仕事をやめて、わたしたちは定期的に顔を合わせることはなくなりました。

病院で診てもらうと、あなたの頭部の血管は普通の人と違ったところにつながっていたそうで、

「わたしは頭がおかしいんです」

と、あなたは笑って電話をかけてきました。

それからは、手紙や電話でのぽつり、ぽつりの交流です。公衆電話からかけてくるのか、あなたの電話はいつでも途中で切れて、二度、三度とかけ直してくるのでした。手紙はチラシ広告の裏に書かれていることが多くて、それは書斎代わりの喫茶店で書くからだということでした。

「よく店のテーブルに原稿用紙なんか広げている奴がいますが、あれは気障で嫌ですね」

そんなこともいっていましたから、さりげなくチラシを裏返して書く、それがあなたの流儀だったのでしょう。

遺書のような原稿は、その果てに送られてきたというわけです。

覚えていますか？　あなたの作品が載った雑誌をはじめて見せてもらったときのことです。

わたしはその発行年が十年ほど前であるのを見て、「今も何か書いていらっしゃるんですか」とたずねたのです。あなたは、即座に、「もう書くのはやめました」と答えました。わたしが、実は自分も書きたいと思っているのです、と打ち明けると、あなたは、「ろくな事はないからおやめなさい」と押しかぶせるようにいい、「無駄なだけです。今すぐおよしなさい。

わたしはもうやめました」と、めずらしく強い口調でいったのでした。
その後、わたしがこっそり小説を書きはじめると、どうしてわかるのか、あなたは印刷所のわたしの机の上にこんなメモを置いていきました。

――やはり書くことはおやめになるようおすすめしたく、というのは究めればそれだけ何かが見えてはくるでしょうが、しかし、いよいよ見えてくれば、実はこの世には、あの世をもふくめて何もないということ、まったく無意味な世界が永劫につづくのみ、と見えてくるのみです。この恐怖すべき世界が、貴女の文名があがればあがるほど虚しさに襲われなければならないでしょう。

さらに何年かしてくれた手紙の中でも、あなたはこういっています。

この扉の向うには無限が音もなくおしつづく。それこそ無限に――。
こうしたものごころついて以来襲ってやまない想いが、それこそ無限につづいて押し寄せます。いまはこうしている。が、死んでしまったら、生きていても同じことだが、このボールペンも、この紙片も、こう考えてあるいは想っているこのものも、永劫へのいっときを、明かりはあっても何ひとつ見えるでもない無限への途を、意味もなく歩みつづけるばかりなのを――。

白濁した乳の湖底に沈められたようなのろいの底に在っては、書くことに意義も見当たりません。

なのに、最後にあなたは書いた。なぜなのでしょう。

人には、ろくな結果にならないとわかっていても、やめるにやめられないということがあるのでしょうか。あなたにあれほど言われたのに、やはりわたしは書きつづけ、そうしてほんとうにろくな事がありません。

けれども、というのでしょうか。だから、というのでしょうか。わたしは、あなたの手ずれた原稿を見ていると、あのタンメンのように、つらくてたまらなくなるのです。

翌朝、夜遅くに帰宅した史也を高校へ送り出すと、わたしはあなたの原稿を持って見舞いに出かけました。

原稿には、あなたの衰えを示すように、重複箇所やノンブルの取り違え、読めない文字、意味の取りかねる注やあとがきなど、気にかかる点が少なからずあって、わたしはそんな箇所に付箋をつけていたのです。

正直いって、わたしは不安でした。まず、村山正治という人物があなたであるという保証がありません。たとえあなただったとしても、あなたは暗い病室でひとり死を待つばかりになっているのではないか、そんな悲観的な想像ばかりが脳裏をよぎるのです。ともすると、オムツ代、と書かれていた封筒の文字が思い浮かびます。高齢だから医療費は少額であるにしても、こまごました掛かりはやはりあるだろう、お金はあるのだろうか、そんなつまらない心配までするのです。

病院は大きな敷地に建っていました。老人ホームのような施設も併設されているのか、何棟もの建物が緑濃い敷地の中に整然と並んでいます。バスがすれ違えるほど広い門には守衛の詰め所があって、わたしはグレーの制服を着た守衛に、あなたの病室の所在をたずねました。

指差された建物の内部はひっそりしていました。旧式のエレベーターに乗り、よく磨かれたリノリウムの廊下を歩いていると、薬品と消毒薬の匂いが毛穴からじわじわと滲み込んでくるようです。建物に入ってからすれ違ったのは、病院の職員を除いてみな老人でした。

部屋の番号を頼りに村山正治というプレートを見つけ、開け放されたドアから中を見ると、クリーム色のカーテンで仕切られたベッドが、左右に三つずつ並んでいました。実際には何年も会っていないあなたを見分けられるかどうか不安に思っていたわたしでしたが、幸運なことに、あなたは記憶の中の姿とほとんど変わらず入り口すぐのベッドにいました。

病室は掃除がゆきとどいていて、わたしが想像していたような暗さはどこにもありません。あなたは小ざっぱりとした寝間着を着て、枕に背をもたせかけ、ハード・カバーの本を読んでいました。以前より痩せてはいましたが、見たところ血色はよく、これが手術したばかりの老人だろうか、と何か拍子抜けするほどです。

わたしがそっとベッドのそばに立つと、あなたは驚くふうもなくわたしを見上げ、本を置いて、傍らの折りたたみ椅子をわたしにすすめました。

「お加減はいかがですか?」

持参した花かごと見舞金を差し出しながら具合をたずねるわたしに、あなたは、

「きょう、はじめて水を飲んだんです。もうすぐ退院です」

そう、さらりと答えました。

「そんなに早く退院なさってだいじょうぶなんですか。胃をお切りになったんでしょう?」

「ええ、全摘です。でも、医師があと五日ぐらいといってましたから……。なに、一日も早く退院したいんです。病院というところは、なんていうのか、実に、その……」

そうして顔をしかめると、あなたは、そんなことを話すのはさも無意味だというように病気の話は打ち切り、

「こうして寝ていると、昔のことばかり思い出しましてね。忘れていたことまで、実に鮮やかによみがえってくるんです」

と、半世紀以上も前のことを突然語りだしたのです。

「はじめて本を出したときのことです。祝いの会をやってもらいましてね。二十七歳でした
……」

あなたは、まるで目の前にそのときの情景が浮かんでいるかのように、目を輝かせて宙を見つめ、ときに笑みを浮かべながら、こちらが心配になるくらい熱心に話しました。あなたのまわりには、色も匂いも音も当時そのままに再現されたスクリーンがはりめぐらされていて、見えないのはわたしひとりかと錯覚するほどです。話は行きつ戻りつし、聞き慣れない固有名詞がいきなり飛び出したりして、わたしは半分も理解できませんでしたが、そんなに愉しそうに話すあなたははじめてでした。あなたの脳裏には、みんなから賛辞を浴びせられて照れている自分、面はゆさを通り越してちょっと得意な自分、そんな若い日の自分の姿がくっきりとよみがえっていたのでしょう。

病室は静かでした。ベッドとベッドの境にはカーテンが引かれていて、通路を歩かなければ他の患者の姿は見えません。時折カーテンが揺れて空咳が聞こえたり、廊下の方からスリッパを引きずる音が聞こえたりする他は、あなたの声だけが響いていました。

三十分ほどしたころでしょうか。

「あの頃は楽しかった……」

あなたはそうつぶやくと、ちょっと失礼、とベッドを下りて、歩行器につかまり廊下に出ていきました。意外にしっかりした足取りであることに、わたしが狐につままれたような気持ちになっていると、ひょいと戸口にナースが顔を出しました。胸にカルテを抱いた姿勢で、

「村山さんはトイレですけど、あの、どういうご関係ですか?」

と、声をひそめて訊くのです。

「仕事場での知り合いですが……」

そう答えてから、わたしは、逆に気になっていたことをたずねました。

「身寄りがないと伺ってますが、どなたか看病して下さる方はいらっしゃるんでしょうか」

「いえ。だから、娘さんかと思って……。なんだ、違うんですか。いえね、家族はどこにいるかわからないというものですから、こちらで調べて、一度息子さんには来てもらったんです。でも、娘さんという人は一向にあらわれないし……。あの、今、仕事の知り合いっておっしゃいましたけど、あの人、どんな仕事をしてたんですか。ちゃんと会社にお勤めしてたんですか。本を書いてたようなこともいってますけど、ほんとですか。なにせあの人には情報がなくて……。変なことばかりいうから、人がきたらできるだけ情報を集めておこうと思って……」

まるで取り調べでもしそうな勢いなのです。その瞬間、わたしはあなたがここでどんな扱われ方をしているのか、すっかりわかったような気がしました。

すると、なぜなのでしょう、わたしは急に口惜しいような気持ちになって、そのよく目の光るナースに、あなたとは新聞の仕事で一緒だったこと、良い作品を書く作家であることを話し、わたしが見舞いにきたのも、新しい本について打ち合わせをしたかったからだと、さも大出版社から明日にでも出版されるような口調でいっていたのでした。

ほんとうは、わたしの心の底には、しばらくお茶を濁していればあなたの命の方が先に尽きてしまうのではないか、そんな思いが潜んでいたのです。現在の出版事情で、あなたの作品を出してくれる出版社が見つかるとは考えにくかったし、ムダとわかったうえで持ち込むにしても、もう一度清書しなおさなければ編集者は読むのも嫌がるだろうと感じました。わたしには、それを押してまで、あなたのために奔走するだけの情熱がなかったのです。

原稿が送られてくる一年ほど前、あなたはわたしに、出版社を紹介してほしいという手紙を送ってきました。

親子兄弟、いずれも何処にいることとか、おたがい便りもなく、それでも心乱れずにいたのですが、やはり年の故か、間もなく三途の川を渡るべくリザヴェーションを受けているせいか、酒にさえ魅力を感じなくなりました。それでもこれも未練でしょうか、思いのまま八十年に及ぶ感慨を書いてみましたが、某氏に見てもらったところ、こんな汚らしいものを出してくれる社はまずないでしょうとばかりにことわられました。いわゆる私小説の形は採りましたが、生れてより今日に至るまでに眼にした人の死（自然死＝隠亡とともに人を焼く。災害死＝地震大正十二年。地滑り。燐光にまみれての戦争による爆死等々）いずれもこの眼に映したものですが、土葬の死骸をむし焼きにして薬を採る件はもっとも嫌われました。私としましてはもっとも発表したく——しかし世は変わったのです。——話が逆になりましたが、もし右様お話を聞いてくれそうな版元がありましたら、ご紹介いただきたく——。

何年か書いているうちにわたしは文学賞をいくつか受け、出版された本をあなたに贈呈してもいたので、あなたはわたしが出版社に顔の利く人間になったと勘違いしているのでした。

あなたのはじめての作品は、今日では社会現象とまでいわれている賞の候補になり、その後あなたは新聞、雑誌から原稿依頼の絶えない時期があったと聞きました。それであなたはわたしも、自分と同じようにあちこちから引きがあると思ったのでしょう。けれども今は、文学賞など星の数ほどあるのです。有名な賞の受賞者や前途有望な若者ならともかく、地味なものしか書けない若くもない女に、どうして出版社が甘い顔をするでしょうか。自分のパソコン原稿すら遠慮を重ねて読んでもらっているわたしには、さほど親しくもない編集者に、判読すること自体が苦行であるようなあなたの原稿を差し出す勇気はなく、わたしはできるなら他をあたってくれるようあなたに返事を書いたのでした。

あなたはわたしの迷惑顔に気づいたのでしょう。だから取り下げ、どこか他をあたって、そしてまたわたしの所に持ってきたにちがいないのです。とすれば、今度わたしにできることは、あなたが生きている間とにかく希望を与えること、そんな「偽善」しかないでしょう。それでわたしは病院へやってきたようなものなのです。なのに、わたしはナースの態度にあなたを見下したような匂いを感じ、奇妙な口惜しさを覚えて、変なことを口走っているのでした。

あなたがトイレから戻ってきたとき、わたしは原稿を膝の上に取り出し、出版社に持っていくつもりだが、と前置きして、付箋を貼った例の問題点について訊いてみました。すると、当の原稿に「死ぬのは間近い」と書いたあなたは、少し恥ずかしそうに笑って、

「ええ、思い当たります。それは直したいと思いますが、今はこんなふうで気力も戻っていませんから、もう少し後にしたいのです」

と、病気からの回復を少しも疑わない口調でいったのでした。

わたしは、当分は死にそうにないと思っているあなたの態度に、「真実は常に見えない」というあなたのかつての言葉を思い出しながら、しばらく原稿を預かり、パソコンで清書をすすめる約束をして、病室を後にしました。

ナースに腹を立てたご大層な人間なら、それくらいはしなければならない、そんな気がしたのです。

病室からは、次々と手紙が来ました。

「永遠」ないし「永劫」についてお詳しい作家が日本にもおられる由、小生体調がもしよくなりましたら、教えたまわりたく期しております。西欧には多いのに、わが国に少ないのはかねがね不思

議としていましたが、これだけでせいいっぱいです。

いずれ治りましたら、あらためて――。

近いうち退院の予定とか。しかしわかりません。

拙文ではイリグチにもなっておりませんが、何にしましても、あらためて――。


これが、わたしが見舞ってからすぐに届いたはがきの文面でした。わたしは、ふと、それより三年ほど前にもらった手紙の中に、「死ぬまでにもう一ペン、ケルケゴールかハイデガーに読ませられるものをと心がけて書いてみますが、どうなることやら」とあったのを思い出し、そうしてまとめたのがあの原稿だったのだろうか、とあなたのひそかな自信に驚く思いがしたのでした。いつもへりくだったもの言いをしているあなたでしたが、心の底では常に自分は一級の人物に比肩する人間だという矜持があったのでしょう。あるいは、その自信は、いつも不安と背中合わせだったのかも知れません。

ずっと以前にもらった手紙に、「この文言通りではないけれども」とことわって、あなたは中島敦の「山月記」から、こんな箇所を引いていました。


（おのが詩業の天に達しないのは）臆病な自尊心と尊大な羞恥心とに因る――。

おのれの才能が珠でないのを知られたくないばかりに刻苦せず、いたずらに埋もれてゆくのみ――。

あなたは、自分の「詩業」がいつかは天に達すると思っていたのでしょうか。そんなことは虚しいだけだ、といいながら……。

かつての発表先を打診する手紙の中にも、「過賞にあずかっている部分もありまして、それがこの老人をおだてるのであります」という言葉が見えます。

あなたは矛盾だらけでした。自慢などというものが鼻持ちならない極みだと知りながら、時折ちらりちらりと過去の栄光をちらつかせずにはいられず、そうしておいてまたそのことを恥じずにはいられないのです。そのために、わたしは、あなたの「栄光」の断片だけを握らされ、あとの空白は自分で埋めよ、と強制されているようなぐあいです。わたしはわたしのことでせいいっぱいで、あなたのことなど知っちゃいないと思うのに、あなたはいつのまにか自分の思い通りにわたしを操ってしまう。今回病院に見舞いにいくことになったのも、原稿を清書する羽目になったのも、思えばあなたの思惑通りだったのかも知れません。

けれども、いいのです。これもあなたと出会った運命というものでしょう。心の中で悪態をつきながらも、わたしはなぜかあなたへの敬意をぬぐいきれないようなのです。

仕事の合間、家事の合間をぬってあなたの原稿をパソコンに入力するわたしのもとに、今度はこんなはがきが舞い込みました。

拙稿紛失。やむをえません。よくよくの不運。

十三日退院しましたが、出院したその日に悪化、ふたたび入院。これは幸運だったのかも。

私のけんか相手からも便りあり。恐るべき卑しさにあきれかえっておりますものの、「ソン」をするのは当方のみ。

お気をつけ下さい。

驚いて、「原稿はわたしの手許にありますから、ご安心を」と返事を出した直後、今度はこんな封書が届きました。

前略　もしまわりまわって拙稿が貴姉の手にまつわりつきましたら、もう一度お話をすすめてみて下さい。

さだめしごめいわくなお願いでしょうが、そのときはもう一度読み直したく――。

そして、ほどなく、こんな手紙までくるのです。

前略　貴姉へお便り申し上げるその前より、先便にもお知らせしました宇田川氏より便りなく。あるいは貴姉よりことばたくみに拙稿をとりあげたのではないかと想像されもします。もしこの想像が事実でしたら、私としては、自分の物（拙稿）を取り返そうため、警察の手をも借りようと思っております。

ご多忙中のところ、加えて厭な話で、まったくもって申し訳ありません。私としましては、遅くなればなるほどやりにくくなるばかりのため、やむを得ず、右様次第です。困窮御推察いただければ幸いです。

追伸　おかげさまで手術上首尾の由、それにしても退院はのびるようです。苦痛倍増し。

何か重大なことがあなたの精神に起こっている、とわたしは思わずにはいられませんでした。宇田川氏なる人物とわたしは、一面識もないのです。名前すらはじめて聞きます。その人が、どうしてあなたの原稿を、居所も知らないわたしのところに取り上げにくるのでしょうか。

あなたの原稿には、「盗人よ」ではじまる奇妙な注がいくつかついていました。あとがきは全編、「盗人よ」と呼びかける意味不明の恨み言のオンパレードです。ひとつだけ例を上げるなら、

盗人よ、せめてものうどん越しにこの世を見送らせられたのは、拙文に出る虜囚をもって嚆矢としておけばいいものを、二篇が発表の日時を違えていたのを忘れたのだろう、虜囚の自慢を横取りしようとは、鶏一羽を手土産までに、幼児の手を引いて命乞い

にきたその妻女とどう対面できようぞ。

あなたはこの「盗人よ」の問題で宇田川氏なる人物と争っているのでしょうか。盗作云々が事実なのか、あなたの思い込みなのか、わたしには判断する材料がありません。ずっと以前、あなたから、「少しばかり書き溜めましたものを某氏に依頼しましたが、そのアイデアが片っぱしから他に発表されまして、いま私がかりに表へ出しましても、私がまねごとをしたとの結果になります」という手紙や、「拙稿紛失おぼえ」なる作品のリストが送られてきたときも、なぜわたしにこんなものを送ってくるのだろうといささか奇異に感じただけで、それ以上の関心は持ちませんでした。

何年も続いている連続テレビドラマのタイトルが、実はあなたのアイデアだったという話など何度聞いたかわかりません。あなたにとっては大事な問題なのでしょうが、織田さん、他人にとっては、そんなものは面倒くさいだけなのです。いったい、だれが、そんな欲得のからむ込み入った話にかかわりたいと思うでしょうか。

わたしは、あらためて、原稿はわたしの手許にあること、だれが訪ねてきても決して渡しはしないことを記し、安心してもらうために、清書の終わった部分をプリント・アウトして手紙に同封しました。

と、翌日のことです。だいぶ以前にわたしが出した、原稿はわたしが持っているのでご安心を、という意味のはがきが、「あて所に尋ねあたりません」という判を押されて戻ってきたのです。それであなたは、ああも矢継ぎ早に原稿を心配する便りをくれたのかと、わたしは、あなたがあながち妄想にとらわれていたばかりではないことを知って少し安心もし、自宅の方に電話をしてみたのです。

三度の呼び出し音であなたは出ました。

原稿はわたしの手許にあることをわたしは伝え、病院に出した手紙が戻ってきてしまったこと、この分では昨日出した手紙も届かないかも知れないことを話しました。すると、あなたは、病人とも思えない張りのある声で、

「実は、今からまた入院するのです。ですから、病院で受け取れるでしょう」

と、実にのんきそうに言うのでした。

「手紙には、清書したパソコン原稿も同封したんです。念のため、もう一度送りましょうか?」

「いや、今はまだ気力がありませんから、退院してからにしましょう。縁も薄いのにすみません」

そういうと、あなたは、人でも待たせているのか、慌ただしいようすで電話を切りました。

四、五日後、ちょうど近くに用事があったので、わたしは足を伸ばし、清書した原稿を持って病院を訪ねました。

受付で部屋番号を調べてもらい、教わった通りナースステーション前の部屋をのぞくと、

あなたは入り口近くのベッドで、今度は静かに横たわっていました。

ほんとうに人が寝ているのかどうか疑われるほどかすかな布団のふくらみを眺めながら、わたしは声をかけていいものかどうかためらって、しばらく通路に立っていました。前回見舞ったときからひと月もたっていないのに、あなたは一回り小さくなって、目を閉じた横顔には頬骨が暗い影を落としているのです。

目を覚ますのを待つつもりで、ベッドの足許の折りたたみ椅子を引き寄せそっと腰を下ろすと、あなたは閉じていた目をゆっくりと開いてわたしを見ました。

「すみません、起こしてしまって。すぐに帰りますから……」

慌てて腰を浮かせたわたしに、いや、寝ていたわけではありませんから、とあなたは思いのほか元気そうな声でいい、ベッドの手すりに結びつけた紐をたぐり寄せてからだを起こしました。ゆるんだ寝間着の襟元から胸がのぞいているのを見て、

「お痩せになりましたね」

わたしが思わず目を見はると、あなたは、いやあ、スマートになりました、と襟元をつくろいながら、

「病院では点滴で栄養が足りているんですが、家に帰ると食べ物がやっかいで、それで衰弱してしまうんですよ。食道の下がすぐ腸なものですから、少し食べると胸につまって、これがなかなかに苦しいんです。おかげで十キロも痩せて、今流行りのダイエットの広告にも出られそうです」

と愉しいことでも話すような表情をしました。

「食事のお世話はお子さんが？」

「いや、福祉の人がいろいろと……。みなそれぞれに事情がありますからね」

「それで、あの、お寂しくは……」

「親子というのは、本来そういうものですよ。ヤギは授乳の必要がなくなったら子ヤギを寄せつけないし、角で突きもします。ワシははじめての巣立ちに子ワシが怯えていると、突き落としても飛翔させますしね。その後見かけることがあっても、互いに親と子であることなど知らないでしょう。カマキリは卵を産んでしまったらそのまま立ち去るし、魚にいたってはわが子を食い物にすることもあります。親子は他人のはじまりなんですよ。薄情というのは、生命にとって無実の罪です」

「はあ……」

「わたしは父親とは会ったこともありませんでね。わたしの生まれる前に、夜でも撮れる写真機を発明するんだといってアメリカへ行ったんです。わたしがかぞえ十九の秋に死ぬまで、祖母に、いくらいくら送ったので受け取ってほしいという四行の手紙をよこすだけでした。字数も月日の違いによって変わるだけで、十九年間一度の例外もなく同じでしてね。一度だけ、わたしが十五、六になったとき、ブラジルへ行くために言葉を覚えたい、参考書を送って下さいといってやったら、こちらにはないのでそちらで捜しなさい、と一行書いてきた、それが唯一のわたし宛の便りでした。便せんには日付さえなくて、自分の名前もわたしの名前も書いてありませんでね、ただ為替だけが入っていたんです。それだけです。親子といってもこんなものですよ」

「でも、十九年間、ずっとお金を送り続けるってたいへんなことじゃ……」

「渡米するとき、祖母に、必ず成功して帰るから貧乏してでも待っていてくれといったそうです。昔気質の人間だったんでしょう。死ぬ間際、わたしにかわいそうなことをしたといったそうです。それを聞いて、わたしも何かしみじみしましてね。馬鹿なものです。六年後、母親が父の遺骨を抱いて帰国したとき、せめて骨にだけでも触りたいと思って骨壺の蓋を開けようとしたら、アメリカ式なのか蓋のところがニカワのようなもので密閉してあって……。墓に骨を納めるとき、壺から出して骨がじかに置かれたので、これが最後の機会だと思って暗がりに手を差し入れてみたんですが、奥が深くて、いくら探っても、何も手に触れませんでね。それっきりです」

「……」

「いやあ、つまらぬ話をしました。せっかく来ていただいたのに」

そういうと、あなたはベッドの枕元の台の上から吸い飲みを取り、失礼、とことわって唇で揉むようにして水を飲みました。

「原稿を読ませていただいたので、織田さんの肉親は、わたしにも親しい人物のように思われるんです。不思議ですね……。お祖母さんが、孫の織田さん相手に囲炉裏端で日本酒を飲みながら、今頃は半七つぁん、とお芝居の真似をして唸るところなど目に見えるようです。

それで、あの、前からどうしてかなあと思っていたんですが、なぜお父さんは渡米なさるとき、妻である織田さんのお母さんを一緒に連れていらっしゃらなかったのですか？」

わたしが素朴な疑問を口にすると、あなたは指先でとんとんと額をたたいて、何かを思い出すふうな顔になりました。

「当時の移民法はいろいろとうるさくて、女こどもは渡米がむずかしかったようです。わたしもあとで調べてわかったんですがね。母親が父親の後を追ってアメリカへ行ったときは、わたしを連れていけなくもなかったのでしょうが、そのときは祖母が手放したがらなかったと聞きました。祖母にすれば、夫と子ども二人に先立たれ、たった一人残った息子がアメリカでは、孫でもカタに取っておきたかったんでしょう。酔えば必ず、われのてて親はおれの子だに、そういいましてね。毎月手紙も書かされました。囲炉裏端で祖母が盃をなめなめいうんです。まず、『お父さま、お母さま』と書いて、それから、まず、『おあしありがとうございました。来月もまちがいなくお願いします』と書いて、それからは、えーと、『お帰りになるのはいつでございますか』だな、って。一字一句はっきり覚えていますよ。たまにはおまえも欲しいものを書けといわれて、お帰りの節は白い犬を一匹お願いします、と書いたこともありました」

「お父さんは結核で？」

「ええ、祖母の連れあいも、その子どもも、孫も、みな結核でした。昔は労咳といって恐れられましてね。わたしに親類がないのも、みな労咳で亡くなってしまったからですよ。アメリカで生まれた妹もいるんですが、今や音信不通で……。親が死んでからもずっと年賀状だけは交換していたんですがね。ある日あて先不明ではがきが戻ってきてからは、どこにいるのか……」

——ほんとうにお独りなんですね。

織田さん、そのときわたしはそうつぶやきそうになって、口をつぐみました。

前の晩パソコンで打ったばかりのあなたの幼い姿が、ふっと浮かんできたのです。

叔母の嫁ぎ先に預けられていたあなたは、可愛いげのないいじけた子どもになっていました。厄介者のひねくれた子どもは実際嫌なものですから、叔母はあなたをよく叱り、ご飯をわざと忘れることも多かったのです。

叱られたあなたは部屋の隅にうずくまって、強情に押し黙り、いとこたちがタコの足を食べているのを見ないふりして、ただ雨だれの音を聞いています。雨の降っているところと降っていないところの境はどんなふうになっているのだろうと思いながら……。

ある日は、家を飛び出し、橋の手すりにもたれ「カチューシャの唄」を歌っています。雪が降っていて、街頭に黄色く灯がともり、その上に積もった雪が少しずつ溶けて流れ落ちていくのをぼんやり眺めています。叔母と巡査がきて、家へ連れて帰ろうとすると、あなたは大声で泣いて拒むのです……。

夕食の時間なのか、廊下が急に騒がしくなって、食器のふれあう音やスリッパをひきずる音がしだしました。

そろそろ失礼しなければ、とわたしはバッグからパソコン原稿の入った封筒を取りだし、「途中までですが、本と同じような体裁で打ってみたんです。こんな感じでどうでしょう」と、本文部分がよく見えるようにあなたの膝の上に広げてみました。

「ほお、柱もノンブルもあって……。おや、扉と目次も作ってくれたんですか」

あなたは急に頬を紅潮させて、枕元の台に置いてあった老眼鏡をかけると、ていねいにページを繰りはじめました。職人の包丁さばきのように熟練を感じさせるその手つきを見ているうちに、わたしはふっとはじめて自分の本を手にしたときのよろこびを思い出しました。何冊も著書を持っているあなたでしたが、やはり「本」はあなたにとって特別なものだったのでしょう。

「やはり活字はいいですね。わたしのあの字ではどうにもなりません。退院して気力が戻ったらさっそく取りかかりますよ。それまでこれは預かっていてくれませんか。落ち着いたらわたしのほうから連絡しますから。ほんとうに縁も薄いのにすみません」

あなたはそういうと、こわれ物でも扱うようにそっとわたしに原稿を返してよこしました。

それからひと月ほど経った頃でしょうか。

あまり連絡がないので、わたしは、まだ入院しているのだろうか、と病院に問い合わせてみました。

すると、電話に出た男性は入院者名簿を繰る気配をたてながら、「あ、退院してますね」と

わたしをほっとさせてから、

「あれ、いや、亡くなってます。すみません、亡くなりました」

最後は小さな声になって、あなたの死亡を告げたのです。

えっ、とわたしは声をあげ、そのまま絶句しました。

このまま黙っていては相手に迷惑だと、頭の隅で声がするのに、受話器を持つ手が勝手にふるえているのです。

「……あの、最期のようすがおわかりになる方はいらっしゃるんでしょうか。ご遺族の連絡先も知りたいのですが」

わたしはやっとの思いで尋ねました。心臓が自分のものではないように脈打っているのがわかりました。

すると、ちょっと待ってください、と声はいって、しばらくオルゴールの音に替わってから、

「こちらではちょっとわからないので、ワーカーさんに訊いてみてくれますか。生活保護の患者さんだったんです」

と、福祉事務所の電話番号と担当のワーカーの名前を教えてくれたのでした。

ワーカーの男性職員とは翌日連絡がつきました。

わたしが用件を告げると、彼はあなたを思い出すのに少し時間がかかりました。

「それで、最期のようすはどんなだったんでしょうか」

わたしは心のどこかで、あなたが家族に看取られたという言葉を聞きたかったのかも知れません。

「はい、安らかな最期で……」

「どなたが看取ってくださったんですか」

「いえ、夜中に亡くなっておられたので、だれも……」

「看護師さんもですか」

「はい」

それならどうして安らかな最期だとわかるのだと、わたしは心の中で毒づきました。

「じゃ、遺骨はどこに……」

「それは、身内の方が引き取ってくださいました」

「そうですか。せめてお線香だけでも上げたいんです。連絡先を教えていただけませんか」

「それが、どなたから問い合わせがあっても教えないようにと、ご遺族から頼まれているものですから……」

「……」

「伝言ならできますが……」

「わかりました。じゃ、そのときはお願いします。ありがとうございました」

わたしはそのまま電話を切りました。

ワーカーに仲介を頼んでも無駄に終わるような気がしたし、それ以上に、なぜでしょう、実際の「遺族」の反応を知るのが怖いような気がしたのです。

あなたが病室に残した荷物のなかには、少なくとも七通のわたしの手紙があったはずです。わたしの住所印には電話番号も記されていました。それなのに、遺族は、亡くなったことさえ知らせてはくれなかったのです。もしかしたら、中身など見ずに、あなたの荷物は全部捨ててしまったのではないか。そう思うと、わたしはやりきれない思いにとらわれて、思わず唇をかみしめました。

「川口にあった家を売ったときです。どこからともなく家族が現れましてね。目の前に積まれた札束を全部持ってっちゃったんです。お情けに薄い札束をひとつ、わたしの方に押してよこしましてね。みごとなものでした」

いつかいったあなたの言葉が思い出されました。

「別れるとき、娘だけは少しわたしに同情してくれましてね。娘が外国の企業に勤める人と結婚して、アメリカに住んでいるらしいと聞いたので、わたしも少し調べたことはあるんです。けれども、会社に電話しても、社員は何千人といるし、本人ならともかく、社員の妻で、しかも現在の姓がわからないとなると、調べようがないといわれましてね……」

そう話したときのあなたの寂しげな表情がありありと浮かんできて、涙がふいに流れてきました。

あなたは、いつか、わたしに、「某氏にすすめられて書き出してはみましたが(仕上がるかどうか)——若い方のセンシビリティをうかがいたく——」という手紙をつけて、作品の書き出し部分を送ってきたことがありました。

それは、「吾児よ、わたしはもう逝かねばならない。私はよき親ではなかった。永劫への一頁にふと浮いては消えた騒がしさでしかなかったとして忘れてもらいたい」ではじまり、「遠く永劫の彼方よりひそかに声が呼ぶ。逢いたい――五十年の、いや七十年のむかし、久しぶりで逢った母が床中で抱き寄せようとするのを両手をのばして拒んだのは、あれはほんとうにこの自分であったのだろうか。私は逝かねばならない。去《い》かねばならない」で終わっていました。

あなたの死後、わたしは、手許に残されたあなたの原稿をあらためて見てみました。
喫茶店ででも書いたのか、あるいは原稿用紙を切らしていたのか、まず、広告のチラシの裏に「死」というタイトルと筆名、目次が書かれています。目次の項目を列挙すれば、労咳／黒い血／孤独／震災／須坂／旅路／地辷り／火葬／鉱山／母子／死にざま／白骨／墓詣り／何処へ、と何やら陰気なムードの漂う言葉ばかりです。書くことは死の病だといった人がいますが、あなたは、まさに、その病にとりつかれていたのでしょう。

目の前の原稿に、書くことにとりつかれたあなたの業がとりつき、それがわたしにとりついて、何とかしろ、と訴えるようなのです。

わたしは、とりあえず、高校でコンピュータ・クラブに入っている息子に頼んで、わたしのホームページを作ってもらうことにし、あなたの原稿をそこに連載することにしました。そうすれば、なにがしかの読者を得て、あなたもいくらか浮かばれるのではないか、そしてわたしも、あなたの原稿の呪縛からいくらか解放されるのではないか、そう思ったのです。

暇を見て、パソコンにあなたの文章を打ち込んでいるときです。わたしはあることに気がつきました。最初に読んだときも何かがひっかかるような気はしていたのですが、何がどう気にかかるのか、自分でもわからなかったのです。それが、一字一句拾いながら打っていくうちに、活字原稿に付けられているペンネームが（それは抹消線で消されているのですが）複数あることに気づいたのです。

記憶というのは不思議なものです。わたしは、ふっと、あなたがいつかいった言葉を思い出しました。

「そんなことをしたら不利だ、と人にはよくいわれたんですがね。若いころは傲っていたんでしょう、中身だけで勝負だ、とばかりに作品ごとに名前を変えたんですよ。今になると、ペンネームがいくつあるのか、自分でもわからないくらいです」

けれども、生前、あなたは、わたしに織田の作品しか見せてはくれなかった。

なぜなのでしょう。

遺稿となった原稿には、祖母に聞いた話として挿入されている小説体のエピソードがありました。先の手紙で、某氏にもっとも嫌われたといっていた「土葬の死骸をむし焼きにして薬を採る件」のある小説です。実際にそれに類する箇所を一部示せば、

またたく間にかたびらが燃えきって、はじめ空気でも注ぎこんだようにふくれあがったももたぶが、ぶすっと水気を噴き出して破けると、皮が裂け目からくるくるするめでも焼くようにまくれながらまるまった。それを見ると隠亡は、先をそいだ竹を毛が焼けきったばかりの穴へさしこんだ。竹筒を焼き割らないためには、ここがいちばんなのである。(中略)火がいよいよ腹にまわると、いったんぱっちり張りきった腹が、ぶすっと音を立てて噴き裂けた。熱いのか、ぎゅっとひざが腹の方へちぢまったかと思うと、今度はぐうっとつっぱって、だがやっぱり熱いのか、思わず火を蹴り上げた足が、くたびれたか、どさりと落ちると、竹筒にぶつかってあぶなくとり落とすところだった。こうばしい匂いが鼻をつく。竹筒をつたわった焼滴が、にぎりしめた隠亡の両手をぬくとくしながら、だんだん瓶に溜っていく。

と遺体が焼かれるようすがいささか詳しすぎるくらいに描かれています。いつか、あなたは、野辺で祖母を焼いたとき、人手が雇えなくて、遺体が薪の上から転がり落ちないよう木の棒で押さえていた、身内にはとても正視できるものではない、と顔を歪めたことがありま

したから、そのときの経験が心ならずも反映しているのでしょう。

作品全体は、四百字詰め原稿用紙にして七、八十枚の長さでしょうか。「憶え書」というタイトルにしてあるものの、かつてどこかに発表したものを転用したらしく、挿し絵の入った作品のコピーが手直しされて入れてあるのでした。元のタイトルと作者名は黒く塗りつぶされていましたが、透かすようにして見ると、堀田無我「老執記」という文字が浮かびあがってきます。誌面の隅に入っている本の広告がみな同じ大手出版社のものであるところを見ると、発表誌はその出版社から出ているのでしょう。あなたはそんな雑誌に書いていたこともあるのです。

そういえば、あなたの手紙には、あなたとは別の名前が記してあることがありました。不思議に思って訳をきいた覚えがありますから、そのときあなたはペンネームの話をしたのだったかも知れません。わたしは、残しておく私信を放り込むことにしている箱の中から、あなたの手紙を選りわけてみました。数えてみると四十四通あって、差出人名のところに山田信男と日由洋晴という新たな名前が見つかりました。

翌日、わたしは、調べものをするときによく使う県の中央図書館へ行き、四つの著者名で本を検索してみました。山田信男と日由洋晴では著書は見つかりませんでしたが、織田房雄では「孤魂物語」と「野戦」が、堀田無我では「あめりかの母」「無職渡世」「やくざ学入門」「実証・日本のやくざ」「男武井啓三とその周辺」「破門、神戸極道史外伝」が出てきました。

さらに、人名辞典を何冊か見てみると、織田房雄だけが「作家・小説家人名事典」に載っ

ていて、

作家　㊥出　長野県須坂
　　　㊥学　高等小学校卒
　　　㊥歴　幼い頃両親が渡米。祖母の手で育てられながら高等小学校を卒業。以来職を転々とする。昭和十五年、小説「アメリカの母」が芥川賞候補となった。

という記述があります。「あめりかの母」は堀田無我の著作なのに、ペンネームが違うことは記されていませんでした。書名の中の「あめりか」も事典では「アメリカ」と片仮名になっているなど、校閲を仕事にしている者にとって気になる点はありましたが、とにかくあなたの名前が載っていたことで、わたしは救われたような気になりました。

織田の著作はあなたに見せてもらって二冊とも読んでいたので、わたしは、他にどんなことを書いていたのかと、堀田の著作を六冊とも閲覧してみました。

それらは、ほとんど、書名が示す通り任侠の世界の話でした。もし「あめりかの母」がなかったら、わたしは堀田と織田が同じ作者であるとはなかなか信じられなかったでしょう。

わたしは、わたしの知っていたあなたが、実はどんな人物だったのか急にわからなくなり、はじめてあなたに作品を見せられたときの驚きとはまた違った新たな驚きにとらえられ、しばらくの間ぼんやりしてしまいました。

版を重ねたらしい「無職渡世」の旧版の序文は、著名な作家が書いていて、

筆者はほぼ三十年来、わが門を敲く好漢で、世にも珍しいインテリやくざ分子である。常に分相応に素朴な筆で、好んでその直接呼吸する別世界たる渡世人生活の表裏を語るが、これはその力作で、一たび巻を開けば、煙草を吸ふひまもないほど面白い世間ばなし的読み物で、このなかから何を読み取るかは読者次第であらうが、わが観るところ、著者は語るに足る男であり、この書は読むに足る本である。

とあります。そういえば、あなたは、「師の推薦文があります」といっていたこともありましたし、「やくざなどというと、今はただのチンピラで、まったくダメになりましたが、昔はそれなりに美学があったもんです」と、洩らしたこともあったのです。

あなたの話はいつでも断片的で、しかも唐突だったので、わたしはいつも表層だけで受け止め、聞き流してしまっていたのでしょう。今になると、思い当たることが次々と出てきます。

職業も転々としていて、いつか、あなたは、「時計職人のでっち奉公がはじめでしてね。それから出前持ちや皿洗い、主にやったのは日雇いの土木作業です。住所とともに職を変えるのを、人は顔をしかめてそしりましたが、しかし、わたしは、時計屋になった、出前持ちに、皿洗いになったのではなく、生きたんです。鳥や獣と同じく、生きることがその日その

日の仕事だったんです。いったい人に生きること以外、何の仕事がありますか」と問いただすような目をわたしに向けたことがありました。
「無職渡世」の奥付には、こんな著者略歴がついていていました。

いま、わたしはスペインの音楽を聴いている。それは暗い血をたぎらせ、自虐と憂愁の深淵にさそいこむ。十数年前のある夜、わたしは逆刺客に雇われ、動き出そうとする貨車の下から、出ようか、このまま行こうか、瞬間迷った。それより四年前、わたしは僧堂に身をひそめ読経三昧だった。それより五年前、母が外国から帰ってきた。そりが合わなかった。それより一年前、隧道で爆殺されかかった。その前日、演説に立往生した坑夫頭をひやかした。その一カ月前、官憲に追われた。その七日前、街で不良と刺し合った。その一年前、場末の映画館で提琴を奏いていた。それより数年前、野宿の快と苦痛と憂愁を知った。住居が定まらなかった。無頼の徒にまじったのは、その一年前であった。それより数年前、祖母と会った。各地の親戚を転々として育った。学校へは、ときおりいった。それより数年前、わたしはこの世へやってきたはずである。

そういえば、わたしは、あなたのそのときどきのこと——たとえば、無声映画の弁士の横でバイオリンを弾いていたときのこと、日蓮宗のお堂に寝起きして毎日お経を詠んでいたこと、そんな話も何度かあなたから聞いていたのでした。いずれも話の流れのなかでふと出てきたことで、深く考えもしなかったのですが、あなたはそのようなかたちでかなり多くのことを語っていたのでした。

女性のことはあまり話しませんでしたが、若いころ駆け落ちした女性と何十年後かに再会した話は耳にしたことがあります。あなたは、「いやあ、会うもんじゃありませんね。婆さんになってました」と自分のことは棚に上げてわたしを可笑しがらせたのでした。わたしがその女性との馴初めをきくと、あなたは「……いや、止しましょう」とおかしなほど照れて、自分の席に戻っていきました。

あなたのユニークな人生論が繰り広げられる「孤魂物語」は、今にして思えば、あなたの断片的な自伝ともとれます。その「女色」の項には、あなたと駆け落ちした女性のことが出てきます。

私がはじめて女というものに気がついたのは、かぞえ十六の春であった。(中略)その女はつねに私を惹きつけて放さず、以後四年間というものその女あっての私であった。その女がこの世にいなかったら、多分私はそれから一、二年してブラジルのマトグロソへ移住していたろう。(中略)そこは株主にならないと移住を受け入れない仕組みになっていたので、組合組織となっていたアマゾン興業という会社の株主でもあったのを、その女のそばにいたいばかりに、株を売り払ってしまった。その金で酒を飲んだ。女にハンドバッグを買ってやった。女は私に帯を買ってくれた。当時流行った毛糸の長い襟巻を編んでくれた。私はまた女にレコードを買ってやった。それから、フランス人形も買ってやった。それから、何をしたろう、ただ、女のそばにばかりいた。（中略）

くわしくは書きしるす要もないが、私は十九の年にその女と二人して東京へ走った。その女に不幸な偶然が重なりもしたからだが、それにしてもあれだけ人に騒がれた美貌の女が、どうして私のようなものといっしょに東京へ出たのか、と現在憶い出してふびんでならない。（中略）その当時、男女がひそかに土地から離れることを駆落ちといって、蔭で羨み、表で蔑んだ。それはいまわしくふしだらなこととなっていた。ふしだらはしかし社会に対してこそ弱くだらしなくはあっても、それは自然な行為である。本来人は自然に随いたいのだろうが、そうすると狡猾になっている社会の餌食にされなければならないので、自分に好都合な建前を造り、それを楯として世の一般に打ち勝ち、敗残の自然を見下すのがありていである。（中略）

したいことをして東京へ出た二人は、すぐ生活に困った。（中略）そうなると二人の間は水が沁みこむように冷えはじめ、たがいにどうしようもないいら立ちと、それでいて退屈と鬱陶しさとに苛まれるうち、いつからともなく別れてしまった。あたかも別れるための駆落ちのごとくであった。

わたしは、あなたの経てきた人生の多様さに、ただ茫然とするばかりです。

あなたは、わたしには思い及ばないような実にさまざまなものを見聞きし、それに見合うだけの多様さでものを書いてきたのでしょう。そして、「織田房雄」のものだけをわたしに見せた。

なぜなのでしょう。

織田さん、あなたは、その面だけをわたしに見せたかったのでしょうか。それとも、無頼の徒であるあなたを前面に出せば、わたしが怖がるとでも思ったのでしょうか。

いや、それでは、あなたがわたしに「前身」を隠したわけではなかったことの説明がつきません。

あなたが見せてくれた随筆には、「私の友人に某という盗人がいる。ある留置場で知合ったのだが」という文章や、「そのころ私は国士気取りの事件屋某の事務所に入り浸っていた。某は結局のところ取り屋ではあっても、何をするにもなかなか緻密で、取れる金でも法が納得する段階に至らないと、そうして取られる相手と今後とも往き来が続くのでないと取らなかった。そのころ私はおのれを知らずトップ屋でもやろうかと思っていた矢先だったから、そのまま入り浸ることになったもので、四、五年というもの毎日のように通っていた」という怪しげな匂いを漂わせる記述もありました。

実際、わたしと知り合ってからでも、あなたはある人物の顕彰会を作って法人化する計画を立て（そうするとお金が自由に使えるのだとあなたはいいました）、それが頓挫すると、「資金を出すという印刷屋が金を出さず未だどたばた（私が紹介してやった仕事はとうに始まっているにもかかわらず）。私が地金を出せば――出したくなし」などというメモふうの手紙をくれて、わたしを驚かせたこともあったのです。

織田さん、あなたにとっては、「織田房雄」として書いたものだけが大切だったのではないですか。よけいなものをそぎ落とした結果、最後に残ったもの、それが織田の著作だったのではないですか。——そんなことをいうと、あなたの嗤う声が聞こえてくるようですが、織田さん、わたしはなぜかそんな気がしてならないのです。

「任侠もの」とでも呼ぶべき著書は、おそらく生活のために書いたものなのでしょう。いつかあなたは、やくざ映画の原作になった本を何作も出したことがあると洩らしたことがありました。「そんなものでもなければ、買ってやろうというものもなかったから書きもしたもので」あなたは自嘲するようにそういっていましたから、ほんとうに書きたくて書いたものではない著書を、わざわざ見せるまでもないと判断したのかも知れません。

ですが、織田の名前でないとはいえ、最後まで誇りとし、おそらくは書かずにはいられなかったはずの「あめりかの母」を、なぜあなたはわたしに見せてくれなかったのでしょう。あなたは、「昔、芥川賞の候補になったことがありましてね」とさりげなく、けれども何度もわたしにいったことがあるのです。

それなのに……と思うと、わたしは見せてくれなかったことに謎を感じ、あなたが二十七歳のとき出版したという「あめりかの母」を、図書館から借り出して帰ってきました。

表紙をめくると、口絵に髪の短い中年女性の横顔があります。それがおそらく「あめりかの母」のイメージなのでしょう。続いて文学者の推薦文があり、

「あめりかの母」は、同じ屋根のもとに暮すことの出来なかった不幸な母と子の愛と憎しみの交錯を描いた希有な作品である。(中略)その水々しい感覚とすさまじい主観の燃焼は一寸比類がない。不幸な歪められた母と子の間の愛情を、ほろ苦く描き出して余すところがない。

とこの本の特徴をぴたりと言い当てています。「あとがき」には、

この「あめりかの母」一巻は処女作ともいうべきで、最初は千三百枚を越したが、読み直してみるたびに無駄が目につき、とうとう約三百枚になってしまった。

とあります。あなたはとまらない勢いで、千三百枚分の言葉を吐きだし、そして推敲したのでしょう。本文の最後には擱筆した年月日が記してありましたから、あなたは「あめりかの母」を、二十五歳の秋に脱稿したのです。

あなたのお母さんが、あなたを結婚させ、生活上の道をつけてやろうと、お父さんの骨を抱いて帰国したのは、その一年前です。

私の今日までの生活は、幼時の食客と、やや長じては小僧と、それからの放浪とが大

部分であるが、機会ある毎に、危惧、恥辱、敬遠、嫌悪、笑殺等をうけてきたもので、私自身すら、気狂いじみた勇気や頑張りを示すかと思うと、また、女のような意気地のない反面をさらけ出すのには、われながら厭な奴だなと思うことがある。

私に好意を持ってくれている山の中のせんちめんたるな老婆達は「おっかんがなかったから――」とよくいうが、私は、私のような人間に母などがあってみたところで、おそらく何の役にも立っていなかったろうと思っていた。が、今は、ああいう言葉が概念化されている以上やはり何かの意味がひそんでいるのだろうと思われ、これからは母と一緒に住めるわけだが、これで、めめしい反面は次第に影を薄くし、男らしく世渡りができるのかも知れないなどと、女のように、あわい楽しい希望を持つのであった。

そんな希望を胸に、あなたは須坂でお母さんとしばらく同居した後、いさかいをくり返したあげく出奔してしまうのです。

きっかけは、その前日のできごとでした。

絶えず、母はがみがみいい通していたが、何をいわれたのか、ほとんど私は憶えていない。（中略）

「まさ、返事しないのか。」というとげとげしい口調は、ますます私をかたくなにするばかりだった。（中略）

母はもう客の手前も、我慢ができず、

「なぜ黙ってんだ。」と、かみつくように怒鳴った。

「聞こえないのか。」

母のあらい呼吸と共に、蟬でも鳴いているような音が耳の中でしていた。

「まさ。聞こえないのか。」と、母はまるで半気狂いの声でいったが、返事も待たず、「まさ。」というと、やにわに、灰をとばせながら火箸を逆手に持って突いてきた。りりいが何かいったようであった。

さすがに、母の手もとは狂い、火箸はじゃけつを縫っただけだった。が、もう一度母はふり上げた。けれども、私の凝視に合うと、躊躇していた。私は二階へ駆け上って、布団をかぶってしまった。

一晩中、殺される夢を見た。りりいが私の足を抑え、母のふり上げた火箸が、私の眼球を突き刺すのである。

翌日あなたは汽車に乗り、須坂を出るのです。「線路をひた走る幾十もの車輪の音は、酒で濁った頭をずきずきさせた」で、作品は終わっています。

たぶん、作品の第一稿は、この時点で一気に書かれたのでしょう。

あなたが出奔した後、あなたの母はアメリカへ帰ることにし、その準備をしているさなかに倒れてしまう。脳溢血です。作品内で「りりい」と名付けられた、アメリカで生まれ育った妹の方はひと足先に帰米していましたから、親戚にやっかいになっている母を、結婚したあなたはほどなく引き取り、一年ほど看たあと亡くしてしまう。

作品は、母が生きているうちに書かれました。

二十五歳のあなたは、激しい愛憎に充ちていた――。

待ちに待った母親と妹に実際に会ってみれば、思い描いていた再会の図とはあまりにも違っていたのです。あなたは、アメリカでの母の知人に報告するかたちで、「母や妹は、何とお話ししたか知りませんが、私は自分が悪いとは、断じて思っていません」と訴えるように書くのです。

「何が不足なんだ、いってみろ。え、ほんとに、どくたあがいくなというのにも、こうしてきてているのに。私は血圧が二百二十もあるんだ。高いお金出して、沢山おみやげを買って、（中略）それでも不足で、一日中黙りこくって、下を向いて――。何のために私はきたんだ。こいこいこいこいって、まるで火のつくような手紙をよこしておきながら、きてみればこのざまだ、お前もこいっていうはずだよ。一日に五十銭か六十銭しか取っていないんだからの。私がくれば、こうしてうまい物が食べられるんだからの。」

我慢できなくなった私はふいに、

「うまかねえや。」と怒鳴った。

「何い。うまくない？　明日っから食うな。うまくない物は食べなくてもいいからの。」
しゃべるにつれて昂ぶる激情は母を自ら酔わせ、口ぎたなく、さも憎々しげに喚きつづけた。
「(中略)お前なんか死んでくれれば有難いよ。」
かん高い声は際限なくつづいた。母の脳へいっている血管が今にも破れるのではないかと思いながらも、私は無性に腹が立った。母の罵詈がちょっと絶えたその隙に、私は、「うるせえや。」とかみつくように怒鳴った。(中略)
私はなるべく母の苦しがっている情景を捕えようとした。柄もとおれと私が突き刺した短刀は母の力では抜けなかった。無理にも引き抜こうとした母の指は、ばらばらと切れ落ちた。これは何という快い観物だったろう。私を捨ててどこかへいってしまった母が、私を嘲笑し、侮辱の限りをつくした母が、指のないはずの掌を腐った頭につっこんで、脳味噌と赤い無数の血管とを引きずり出すのである。(中略)はじめには指を切り、鼻を殺ぎ、眼球を抉り抜いて、その後で、ゆっくり殺してやろう。いや、それでもあき足りない。死なない加減に生かしておいて、夜も昼も恨みの限りを聞かしてやらねばならない。しかし、最期には殺してやろう。だがしかし、殺してしまっては何にもならないのだ。なろうことなら、何度も殺し、何度も生かして、いかに謝まっても許さず、何度も、いつまでも恐怖の限りを味わわしてやろう。そう思うと私は慄然とした。(中略)
幼少にして別れて、何年か後に、とある街上で遭ったとすると、親子であれば一種の霊感から悟り合うというような話を、何とはなしに愛していた頃のおろかしい自分がなつかしかった。そして、今はたまらなく、さびしかった。

そして、「私は、母や妹が私を憎みはじめた原因が、私の側には、断じてないと思う」「私に謝まるところがどこにあろう」「私の行動がこれほどまでに憎くみえるのは、私の罪では決してない」「母が私を諸所に食客さしたことは、何をもって罰せらるべきか。まして、今、他人の力で成人している私を罵る権利を、母はどこから持ってくるのだろう」とくり返し記すのです。自分のせいではない、自分のせいではない、と叫ばずにはいられないあなたの魂の疼きが、本の随所から哀しくしみ出してくるようです。

けれども、織田さん、わたしはあなたのお母さんの気持ちも思わないではいられません。頑なに口をきかないあなたに焦って、「あの子はわたしを恨んでいるのでしょうか」と訊いて歩いたお母さんの心境はどんなものだったのでしょう。

「あめりかの母」にはあなたのお母さんの述懐も含まれていました。

母はあたりかまわず泣きながら、しきりに何かいったが、よく聞き取れなかった。

「あめりかへいってからも、いつ夢を見てもお前をおぶって卵買いして歩いた夢ばっかりだったよ。ぽおとらんどにいたときだって、しすこにいたときだって、――いつ夢を見ても――。私は夢ばっかり見ていたよ。」

嗚咽のためにとぎれがちだった。渦を巻いて去来する雑多な過去のためか、一貫した条理のないとびとびのくり言だった。その中に、思い出したように、母は、

「私が外から帰ってくると——。」といって、しばらく泣いていたが、

「婆あは毎晩酒飲んでやがって——。」とわざと口をひきゆがめて、さも憎そうにいった。（中略）

「お前の婆あはの、貧乏しているくせに毎日お刺身で酒飲んでは、八丁村だったか、どこだったかの男と芝居見にいったりして、私が帰ってみると御飯もなかったんだぞ。」

憎しみに満ちた小鼻に涙が流れていた。

あなたのお母さんにはお母さんのつらい事情があったのでしょう。それでも、それを知らない子どものあなたは、なぜ捨てた、と恨むのです。

顧みて、あなたはそんな自分の若さ、未熟さが恥ずかしかったのかも知れません。けれども、織田さん、わたしは「あめりかの母」を読んで感動しました。不器用な母と子のなんと美しい真情の吐露でしょう。そして、二十五歳の、教育もろくに受けなかった青年の、たぐいまれな表現力にうなったのです。

それから四十年近く後に発表した作品に、母の臨終のようすが出てきます。

寝たきりになった母をひきとったものの、あなたはまだ母との確執からぬけきれず、看護は妻に任せたまま、わけもなく人を訪ねては無駄話を繰り返す生活をしています。ある夜、

家へ帰ってみると、母の寝ている二畳の部屋の電灯がついていないのです。

スイッチをひねってみると、わたしが帰ったのも知らず、あなたは眠っていた。（中略）ふと見るに、何か様子がおかしい。口に手をあててみると、心臓も鼓動していない。息が絶えたばかりなのか、まだ温みがある。だんだん冷たくなっていく。温みが下へ、下へと下っていく。背中へ手をまわしてみると、まだ温い。だんだん冷たくなっていく。

——どうしたの。

いつきていたのか、三世は坐ったと思うとすすりあげた。

——いまさっきおしめをとり替えてあげたばかりなの。あのときには何ともなかったのに。

——らくに死んだ。

——だれも死水をとってあげなかったのね。

——らくに死んだ。

あなたは死んだが、しかし葬式が出せなかった。あなたがアメリカから持ってきたわずかばかりの金も、わたしがこの二年ほどの間にたいていは酒場で浪費してしまっていた。

織田さん、あなたは友人に借金をして、ようやく火葬を済ませると、まだ温かい骨壺を持ち帰り、母の寝ていた二畳の部屋に安置して、妻とむかいあいます。このときあなたの胸には、骨に触れることさえできなかった父との別れが呼び起こされたのでしょうか。

まだ一本あったビールを飲むことにしたわたしは、骨壺の包みを解いて、骨壺の蓋をとって、白骨をひとつまみつまみ出すと、それをグラスにカサカサ落とした。

——どうするの。

——見てのとおりさ。

——よして。

——親子といったって、別れ別れだったんだ。こうすればいっしょになれる。

三世は注ごうとしなかった。わたしはひとり注いで、ほろ苦い液をジぃッと吸っているまだ温いあなたを飲み下した。

——もうやめて。

骨壺のなかで、あなたはカサカサ鳴っていた。

以来、あなたは、あなたといさかったあげく脳溢血で死んでいった母をかたときも忘れず、生涯かけて後悔しつづけたのでした。

あなたはいつも、本の間に母親の写真をはさんで持ち歩いていました。

その写真に気づいて、わたしが「どなたですか?」とたずねると、あなたは「これですか。わたしの母親です」と、少し間を置いてから答えました。

「やさしそうな方ですね」

お愛想をいうわたしに、

「いや、気性の荒い女でした。それでも、わたしを思ってはいたんでしょうね。血圧が高くて医者が止めるのも聞かず、遠いアメリカから来てくれました……」

あなたは遠くを見るような目になりました。

織田さん、まるであなたの一生は、母親の情を理解するためにあったかのようです。

四十年後の作品の最後を、あなたはこう結んでいた——。


あなたはあの親不知の海を憶えているだろうか。わたしをつれて富山へ別れのあいさつにいって須坂へ戻ろうと、そう、あれはあなたがアメリカへ旅立とうとする前の日のことであった。どんより曇った空を写す暗い海を指さしてあなたはいった。

——親だからって、子だからって、助けていられないんだって。

ああ親知らず子知らずか、とわたしはあの蒼い陰鬱な海を憶い出す。あのときあなたの胸のうちには遠くアメリカへ渡る海がありはしなかったか。親といい、子といっても、現にこのとおりではないかと気がついて、あなたの悲しみは果しなかったろう。あれは、かぞえてみれば、五十何年かのむかしだった。

信州もずっと北の須坂では、八月も半ばのいまはもう芒に秋風が立っていよう、ひぐらしの声も人にものを思わせないではいない。あのとき、馬車が近づくとすずめが飛び立ってはなびらを散らしたあの杏も、あの高原でわくら葉をそっと落としていることでもあろうか。いや、杏の樹などとうのむかしに伐り倒されて、いまはダンプがアスファルトの道路に轟然と地響きを立てているのに違いない。見はるかす青い朝靄の彼方まで一面燃え立つような紫雲英の海も——母よ、あれはこの世のものだったのだろうか。

織田さん、あなたがジュースをふるまってくれたあの息子は、今、夜遅くまでアルバイトをしてお金を貯めています。それが大学進学を機に家を出るためであるらしいことを、先日わたしは賃貸住宅の情報誌に印がたくさんついていることで知りました。家賃の安さを最優先するのか、シャワーの設備さえない古くて狭い間取りの物件を見ながら、わたしは息子の小さかった頃からのことを思い出し、しんとした気持ちになりました。

さいわい締め切りの迫った校閲の仕事があったので、わたしは気を取りなおして図書館に出かけました。辞典類の並ぶコーナーに席をとり、付箋をつけておいたゲラ刷を広げたものの、すぐには仕事に取りかかる気になれなくて、わたしは何となく「芥川賞事典」を見てみました。

すると、昭和十五年の候補作一覧にあなたの作品名はなく、わたしはその前後、そのまた前後とページを繰るうちに、とうとう第一回から現在までの全部の項を見てしまいました。

そういえば、当時、市販された作品は賞の対象外で、あなたは候補になった直後に本が発行されたために、賞を逸したのだと聞いたことがありました。

「受賞していたら、文壇での待遇はずいぶん違っていたでしょうに」

わたしが惜しがると、あなたは、「私宛の通知には推薦者が十八名とありましてね。そのことの記録は紀尾井町にはあるそうですよ」と往時をしのぶような目をしたのでした。

家へ帰ってから、わたしはその言葉を思い出し、直接、紀尾井町にある主催団体に問い合わせてみました。

電話に出た女性は、ていねいに原簿を調べてくれて、

「こちらにそのような記録はありませんが……」

そういって、静かに電話を切りました。

織田さん、わたしは受話器を握ったまま、またしばらくの間ぼんやりしてしまいました。

パソコンの横には入力途中のあなたの原稿が広げてありました。

その升目を埋めている細かく震えるあなたの筆跡を眺めながら、わたしは初めて言葉をかわした日の、あなたの羞じらうような表情を思い出しました。

織田さん、あなたの原稿のコピーをとってから、わたしはワーカーの男性職員に連絡をとりました。

あなたの最後の原稿を、手ずれた紙束のまま、遺族に読んでほしいと思ったのです。

わたしは職員に、預かった原稿をお返ししたいのだがと前置きして、さりげなく遺体を引

き取りにきたときの遺族の対応について訊いてみました。
するとと、彼は、言葉を選びながら、あなたが亡くなったあと霊安室に現れた息子さんのようすを教えてくれました。
織田さん、怒ったような顔で遺体を見下ろす息子さんを残して、職員が席をはずすと、あなたを安置した部屋から、織田さん、低く押し殺したような嗚咽が、床をはうように聞こえてきたということです。

〈了〉

作中の老作家は二つのペンネームを持つ作家（木田紀雄／井出英雅）をモデルにしており、作品の引用は次によりました。一部、不適切な表現が含まれておりますが、作品発表当時の背景や作者のオリジナリティに配慮し、原文のままとさせていただきました。

木田紀雄「親知らず」（『文学界』昭和五十一年七月号）
木田紀雄『孤魂物語』（伝統と現代社、昭和五十四年三月）
井出英雅『無職渡世』（伝統と現代社、昭和四十九年五月）
井出英雅『あめりかの母』（昭和書房、昭和十五年六月）
井出英雅「老執記」（初出誌不明）

なお、『あめりかの母』の表記は新字・新仮名遣いに変えました。

参考文献

藤野邦康『かわりだね』（構想社、一九八七年九月）

遠い空の下の

一

何ごとも起こっていませんように。そう念じて、ゆっくり鍵をまわした。

郵便受けの組み込まれたドアを細めに開け、からだをすべりこませる。靴墨や洗剤の匂いにまじって、みそ汁とごはんの炊ける匂いがした。流れるゲーム音に重なるように、台所のすみのファクシミリが乾いた音をたてている。

九十センチ四方の沓脱ぎの横はすぐ台所で、右手に流しとガス台、左手に風呂とトイレがある。中央のリノリウム貼りの床には小さな丸テーブル。ファクシミリはその横のカラーボックスの上に載っているので、靴を脱ぎながらも、白いロール紙が小刻みに震えながら押し出されてくるのが見えた。

美海は、波のようにうねっている感熱紙を横目で見ながら、台所を横切り、

「ただいま」

と次の間の四畳半でテレビゲームをしている娘の麻耶に声をかけた。

次の間といっても、うなぎの寝床のような細長いアパートで、仕切りの戸は常に開け放たれているから一つの部屋のようなものだ。その奥にもう一つ毛羽立った畳敷きの六畳間があ

るが、学習机や洋服ダンスが三分の一ほどを占めていて、寝るときは布団を半分押入れの中に敷き込まなければならない。

テレビの周囲に絵の道具が散乱した部屋で、今年中学二年生になったばかりの麻耶は、コントローラーにかけた指先をせわしなく動かし続けている。長いまつ毛に縁取られた目を一度は母親に向けたものの、すぐに画面にもどして射抜くように光の点滅を凝視している。

繰り返し同じ旋律が流れるなかで、次々と敵を倒していくだけのゲームに、どうしてそんなに熱中できるのだろう。

美海は、ゲーム脳という言葉を思い浮かべて心配になりながら、ファックス用紙を取ってテーブルに置き、流しに立った。

ごはんとみそ汁は麻耶が用意してくれているので、美海は簡単なおかずを作るだけだ。作り置きしてある南瓜の甘煮と蓮のきんぴらを小鉢に盛ると、ピーマンを細切りにして豚のロース肉と炒めあわせ、大根おろしをたっぷりとかけて、レモンを添えた。

「できたわよ。熱いうちに食べよう」

とがった鼻先がのぞいている横顔に声をかけると、

「いまセーブしてるから、ちょっと待って」

麻耶は背中の中ほどまである黒髪を払って、こちらを見た。

美海は、テーブルについて先ほどのファックスを手に取った。

親愛なる美海さま、お元気ですか。

わたしたち、不幸にも元気いません。

この前、小包が取りました。どうもありがとうございます。

二回、郵便局からが通知を取りました。小包が受け取ります。わたしは家にをいません。なぜならば、ひっきりなしに病院に、アスパシアの隣にいました。

アスパシアは、あいにく非常に、いっそう悪いをです。

いまが家に死ぬまでをいます。事態が、家にみじめなです。

すみません。遅れる返事を理解しますか。

麻耶さんにも、よろしくお伝えください。お元気で、さようなら。

デミトリス・ビグリス

そこまで目を通してから、欄外の文字に目を走らせて、美海は思わず息を止めた。

〈不幸にも、アスパシアはきのうの朝が、五月五日、五時を亡くなりました。きょうの朝は葬式をしました〉とあったのだ。

「これ見て」

美海は驚いて、立ちあがってきた麻耶にその部分を指し示した。

「えっ、三年前ここに来たときには、あんなに元気だったのに?」

麻耶が信じられないといった表情をした。

「アスパシアが日本の湿布薬を欲しがってるというから、小包を送ったばかりなの。乳癌が再発したらしいとは聞いてたけど、そんなに悪かったなんて……」

美海は反対側からデミの書いた文字をのぞき込んで、もう一度読み返した。

「ねえ、おじいちゃんたち、このこと知ってるよね」

「そりゃあ知ってるでしょう。こっちに知らせてくるぐらいなんだから……」

「そうよね、おじいちゃんたちへの手紙にいつも運命の友って書いてあるものね。でも、どうして運命の友なの？」

美海はどこまで話していいのかと一瞬ためらってから、テーブル横の壁に貼ってある写真を指差した。

「この、デミとアスパシアの間で笑ってる子、このリトル・アスパシアが、麻耶と同じ日に、同じ病院で生まれたの」

麻耶は、自分の出生にかかわることだからか、少しテーブルに身を乗り出すようにして、

「わたし、ギリシャで生まれたの？」と美海を見た。

「ううん、イタリア。お母さん、若いころ下条のおじさんたちとイタリアでフレスコ画の勉強してたって言ったでしょ。デミの息子さんはギリシャの大学の先生なんだけど、そのときはイタリアに留学してて、子どもが生まれることになったので、デミとアスパシアは孫の誕生に立ち会うためにギリシャから来てたの。おじいちゃんたちは、麻耶が生まれるというので、心配して日本から来てたのよ」

美海は娘の皿に肉とピーマンの炒め物を取り分けて、「大根おろしをかけるだけで劇的においしくなるのよね。冷めないうちに早く食べよう」と自分も箸をとった。

「それで、どうして友だちになったの?」

麻耶が料理にレモン汁としょう油をまわしかけながらいう。

「赤ん坊が生まれるのを、同じロビーで待ってたんだって。そしたら、デミが、ユー ジャパニーズ? って話しかけてきて……」

「おじいちゃん、英語、わかったの?」

「由美おばちゃんが一緒に行ってくれてたから……。デミも英語は得意じゃないんだけど、息子さんが通訳してくれたのね。デミは若いころ、神戸にいたことがあるんだって。それで日本語に気づいたようなの。異国の病院で、同じ日に同じく孫娘を授かるなんてって、デミ、すごく感激して、『運命です』ってそこだけ日本語でいったらしいわ。別れるとき記念にギリシャのきれいな切手をプレゼントしてくれてね。世界の切手を集めてるから、日本に帰ったら、使用済みの日本の切手を送ってくれませんかって、手帳に住所を書いてくれたんだって」

「それで文通がはじまったの?」

「おじいちゃんたち英語がわからないから、最初は全部お母さんが訳さなくちゃならなくて、たいへんだったわ。デミも息子さんに訳してもらってたみたい。そのうちデミが日本語を猛勉強してね、日本語で文通できるようになったというわけ」

「へえ、デミ偉ーい」

「そうなのよ。あの年でここまで日本語を書けるようになるなんてすごいのよ。記憶力は相当衰えてるはずなのに、いまも努力し続けてるんだもの。どこからそんな情熱がわいてくるのかしら」

美海はあらためてアスパシアの死を知らせるデミのファックスを手に取った。一字一字ていねいに書かれた文字を見ていると、日本にきたとき、ギリシャ語と日本語の対照表を作って、熱心に質問していたデミの真剣なまなざしが思い出された。

「でも、わたしが絵を送ったら、麻耶さんはよいげかになるでしょうって、書いてきたよね」

麻耶がふっと笑ったときだった。

電話が鳴った。

出ると、母の志津で、

「デミから連絡あった?」泣いたような声だ。

「うん、驚いた。そんなに悪いなんて知らなかったから」

「お母さんたちには、ときどきアスパシアの病状、知らせてきたの。この電話のあと、そのファックス送るから見てみて。デミ、それは一生懸命看病してたみたい。お母さんたちは、さっきお悔やみのファックス送ったけど、お前も何か書いてやってくれない?」

「うん、麻耶にも絵を描かせるわ。麻耶の絵を送ると、デミいつも喜んでくれたから……」

ふっと、東京見物の帰途このアパートに立ち寄ったとき、お腹が出ていて足もとが見えないデミが、玄関で窮屈そうにアスパシアに靴ひもを結んでもらっていた光景が浮かんだ。そのときデミは、壁に貼ってあった麻耶の絵を見て、だれの絵ですか？　すばらしいでーす、と褒めてくれたのだ。

アスパシアは姉さん女房で、デミはときおり駄々っ子のように見えることがあった。

父母とともに浅草や銀座を案内したとき、昼寝もせず一日に三回も食事をする日本の習慣にじれて、さっき食べたばかりじゃないか、というふうに、「食事、食事、食事」と大げさに肩をすくめたときは、アスパシアにピシッとたしなめられたものだ。

「せっかくもてなしてくれているんだから、わがままをいわずに食べなさい」

ギリシャ語など一言もわからないのに、まるで日本語を聞くように、アスパシアがそういったことがわかった。そんなことを思い出していると、

「それじゃ、送るね」

母の声がして、電話がファクシミリに切り替わった。

小刻みに揺れながら押し出されてきた紙片には、アスパシアがいつ、どんな治療を受け、どんな経過をたどっているかが、専門用語はギリシャ語のまま、文法的には少しあやしい文章でしるされていた。

科学検査や放射線治療は受けたが、よい方向へは向かわなかった。もう進行をおさえる治療法はない。体重は三十六キロに落ちた。いまやベッドに起き上がることもできない。

アスパシアは、いま、このごろと、たえず幻覚をあります。おとといが泣きました。あなた、だれです？　といいました。わたしの父と母はどこにいますか？　といいました。あなたの父、五年前に亡くなりました。母はクレタにいます、とわたしはいいました。

六日前の今晩、わたしは地面に倒れりました。胃で出血がありました。すぐに救急車で病院にいきました。非常に血が失いました。いま、だけど、もっとよいです。

読みながら、美海は知らず知らずのうちに片手を伸ばし、麻耶の手を握りしめていた。デミとアスパシアの苦しい闘病生活が、遠いギリシャから、いま流れついた気がしたのだ。

二

「それで麻耶ちゃんの絵をフレスコ画に……」

中央の作業台で顔料や筆の用意をしながら、美海がデミとアスパシアの話をすると、砂と消石灰を練って壁材のマルタを作っていた下条は、納得したようにうなずいた。

右側の壁には木枠にかけられた大小のコテがずらりと並んでいる。その下の棚には、筒型の容器にたてられた刷毛と筆が種類ごとに並び、顔料の小瓶やパレット、霧吹きといった用具が隙間を埋めるように置かれている。

「フレスコ画なら雨風にさらされても色あせないし、麻耶の絵とわたしの作業で合作になるでしょ。ギリシャのお墓って生前の写真を飾るらしいから、一緒に置いてもらえたらと思って……」

ぽつぽつと集まりだした受講者たちを目の端でとらえて、美海は肩まである髪をひとつに結び、小声でいった。教室中にフレスコの匂いとしかいいようのない、顔料と石灰のまじった匂いが漂っている。左側には作品を置いておく棚があって、その上下の本棚にフレスコ画の資料や画集がびっしり詰め込まれている。

美海は思い思いの席についた受講者たちに声をかけながら、木枠のついたパネルを配っていった。

壁画制作集団の事務をしながら、併設するフレスコ画教室の助手もするようになって十二年になる。教室では下準備をしたり、受講者たちの間をまわって手伝ったりするのが役目だから、時間中に自分の作品を作ることはめったにないのだが、今回は美術大学の先輩でイタリア時代のクラスメイトでもある講師の下条に頼んで、一緒に制作させてもらうことにしたのだった。

マルタで壁を塗り、その上に水溶きの顔料で絵を描くフレスコは、石灰がつくる結晶のなかに顔料のひとつぶひとつぶが閉じ込められるために、色がとてもきれいで耐久性が高い。石灰が空気中の二酸化炭素と反応して、みるみる透明な結晶・カルサイトをつくるのだ。

そのときの生きた石灰と対話する感じは、不思議な魅力をもっていて、美海を留学にまで誘ったように、多くの人を教室に引きつけてくる。個人で大きな壁画を制作するわけにはいかないから、石膏ボードや陶器パネル、素焼きレンガ、植木鉢などを壁にしてフレスコ画を作る。専門の教室が少ないこともあって、受講者たちは都内だけでなく他県からも通ってきていた。

「では、そろそろはじめましょうか」

石灰や顔料の付着した作業着を着た下条が、頭に手ぬぐいを巻いて声をかけると、皆いっせいにコテを手にして、パネルにマルタを塗りはじめた。

最初に均一に壁を塗る左官の技術が大事だから、美海はひとりひとりの間をまわってムラを整えてやり、下絵を写すところまで見て、あとの着色までの指導は下条に任せ、自分の作品にとりかかることにした。

お墓に供えてもらえるように、土台にはコンパクトな陶器パネルを選んだ。麻耶のスケッチブックの中から、ちょうどいいサイズの少女の絵を抜きだし、トレーシングペーパーに写しとっていく。

下条がそばにやってきたので、美海は頭ひとつぶん背の高い彼の顔を見あげ、「これでいこうと思うの」とスケッチブックの元の絵を見せた。両手を大きく広げ、いま空にかけあがろうとするかのように片足が踏みだされた絵だった。

「上の方にアスパシアの名前を虹に見立てて入れようと思うんだけど……」

「天使みたいでいいじゃないか」

下条は肩越しに美海の手からスケッチブックを取ると、他のページもめくっていき、「それにしても、いい線だなあ」と、無精髭の伸びたあごをさすった。

「子どもだから、何の気負いもなくスッ、スッと描くの。それがいいんでしょうね」

美海もうらやましいくらい伸びやかな線だと思ったのだ。

「いや、こういう線は天性のものだよ」

下条はまたスケッチブックをめくって、一枚一枚確かめるように見つめたあと、「やっぱり、麻耶ちゃん、センスあるよ」そういって次の席に移っていった。

壁画作家のかたわら、母校の講師や美術展の審査員もしている下条は、鑑識眼に定評がある。美海は、そんな目利きに親譲りだといわれた気がして、いっしょに暮らしたことのない親子でもそういうものを譲り受けることがあるのだろうかと、麻耶の父親・カラジアの描く線を思い出した。

ためらいのない、美しい線を引く人だったのだ。

いつも教室の一番うしろにいて、だれよりも熱心にデッサンしていた。美海が一枚描くあいだに、三枚も四枚も描いてしまう。時間をかけ何本もの線で描く美海の絵より、数本の線でサッと描く彼の絵のほうが、あきらかに生き生きとしていた。

今思うと、美海は、カラジアの描きだす線に魅入られて、麻耶まで孕んでしまった気がする。

もっとも、彼の線に惹かれたのは同じクラスをとっていた下条も同じで、最初に彼と友だちになったのは美海がその技量に憧れていた下条だった。二人は互いの才能を認め合って、フィレンツェ近辺の美術館や教会をスケッチしてまわるようになり、やがて同じクラスの由美と美海もスケッチ旅行に誘われるようになった……。

「壁は時間がたつにつれて水の吸収がよくなりますから、描きはじめはゆっくりでも、だんだん手早く仕事するようにしてください」

下条が皆を見まわして注意点を説明している。

実際のフレスコには、乾いた壁に描く技法や、二層以上のマルタを塗り上層をかき落として描く方法もあるが、一般的なフレスコは壁が乾くまでが勝負で、やり直しがきかない。そのときそこに置いた色は永遠に残るし、置かなければ永遠に白いままだ。

恥ずかしいから人にはいわないけれども、美海はいつもそれを人生に似ていると思う。一度置いた色は、決してなかったことにはできないのだ。

だからというわけではないけれども、美海は、パネル一枚とはいえ、細心の注意をはらって虹色のアスパシアの名を刻んでいった。

彩色をはじめたらマルタが乾くまでに描ききらなければならないので、みな自分の手もとに集中する。大勢のなかにいながら一人きりの世界を生きるようで、あっという間に時間が過ぎていく。

「完全に乾くまでおいておきますから、終わった人から順に棚に並べてください」

下条がひとりひとりの絵をのぞきこんで、どこで筆をとめたらいいかアドバイスしている。絵はどこでやめるかが肝要で、描きすぎがいちばんいけないのだ。

「お、いい色じゃない。線も生きてるよ」

美海の絵をのぞきこむと、はい、そこで終了、とでもいうように、下条は軽く美海の肩をたたいた。かつてはそうして下条の手が触れると、そこだけ熱を帯びたように感じて戸惑ったものだ。

美海はパネルを棚におき、まだ終わらない人の間をまわって、色むらがないかを点検していった。

制作にかかる前は無表情だった人たちも、描き終わるころには顔を輝かせて、やたら饒舌になる。その変化を見ていると、いつも心の裏にはりついている麻耶への懸念がほんの少しまぎれて、美海までからだが軽くなる気がする。

最後の受講者が帰り、マルタのこびりついたポリバケツを洗ったり、顔料や筆を整理して後始末していたときだ。

作品の棚をひととおり見ていた下条が、

「麻耶ちゃん、このごろどう？　由美も心配してるんだ」と作業している美海をふり返った。

「……あいかわらず」

「相談はしてるんだろ？　学校以外でも」

「ええ。本人が行く気になるまでは行かせなくていいって……」

美海は、教育センターでのカウンセラーの言葉を伝えて、「でも、今の世のなかで学校へ行かないってことは、社会で生きていく根を失うようなものでしょ。ほんとうは不安でたまらないの。無理に行かせれば行けるかもしれないのに、そうしないことで自分がその機会を奪ってしまっているんじゃないかと思ったり……」

「どこにも出かけないで、家でじっとしてるの？」

「ええ。でも、心配かけまいとするのか、わたしといるときは何でもないの。普通にしゃべるし、笑うし。でも、あの子、昼間ずっとひとりでしょ。わたしの絵の道具が出しっぱなしになってるから、絵を描いてることも多いんだけど、暗い絵が多いし……。わたし、あの子が小さい頃、休みの日も家で絵ばかり描いてたから、それがいけなかったのかなと思うことがあるの。もっと外へ連れ出して遊んであげてたら、友だちとうまくやっていける快活な子になったんじゃないかと思って……」

「そんなことで自分を責めるなよ。麻耶ちゃんはいい子じゃないか」

「でも、たまに早く帰ると、カーテンをしめきった部屋でじっと膝をかかえていることがあって……。何もいわない分、かえって心配なの。だから、夢中でゲームをしたりしているとほっとする。ふつうなら、いいかげんにしなさい、って叱るところでしょうにね」

麻耶が不登校になったのは、中学一年の秋からだった。カウンセラーは、今の学校ではどの子に起こっても不思議のないこと、とショックを受けている美海をなぐさめてくれたが、つい混血児で婚外子の麻耶の境遇を思ってしまう自分がいる。

「そうか、つらいところだな……。でも、家で暴れたりしないんだから、それは救いだよ。ごはんの用意もしてるんだろ。由美とも話したんだけど、いっそ、ここにつれてきて、皆といっしょにフレスコ画をやらせたらどうだろう。不登校って、学校へ行く行かないより、その子が安心できる居場所をつくることが大事だっていうだろう。麻耶ちゃん、小さいころから絵を描くのが好きだったから、あんがい落ち着ける場所になるんじゃないかな。ここで皆といっしょに描けば、他人に慣れる練習にもなるんじゃないか。社長にはぼくから話をしておくよ。安月給で十年以上働いてるんだ。少しくらい甘えてもいいんじゃないか」

ふっと、晴れ晴れとした表情になって帰っていく受講者たちの顔が浮かんだ。

美海は少し考えてから、「夏休みも近いことだし、麻耶にきいてみるわ。案外いいかもしれない……」

「そうね……」

最後は独り言のようになって、エプロンをはずした。

下条と由美の夫婦にはいつもいつも世話になり通しだと思う。

帰国以来、美海は何通もの履歴書を書いて求職活動をしたが、一人で子どもを育てていることがわかると、結局は不採用になってしまうのだった。そんな窮状を見かねて、社長に無理をいい、この仕事につけてくれたのも下条だった。

自転車に乗り、アパートに向かうケヤキ並木の坂道にさしかかると、思わず、負けるもんかという言葉が口をついて出た。

二歳になった麻耶をつれて帰国したとき、美海は二十七歳だったが、郷里の父母から東京で就職したほうがいいと当座の生活費を渡されて、改めて狭い町での自分の位置に気づかされたのだった。

以来、坂を上るたびに、負けるもんか、とつぶやきながらペダルをこいで、それがすっかり癖になっていた。補助椅子にすわった麻耶がいつのまにかその言葉を覚えてしまい、保育園時代はいっしょに負けるもんかと合唱して、この坂をもんか坂と呼ぶようになったほどだ。


ゆるい坂だが、距離はあって、子どもを乗せて上りきるには力がいった。これも恥ずかしいから人にはいわないけれども、このもんか坂も自分の人生に似ていると美海は思う。

坂の途中で足を止め、美海は枝を広げるケヤキを見上げた。放射状につきあげられた黒い枝の先で、芽吹いたばかりのやわらかな葉が揺れている。さわさわと降りそそぐ音を顔面で受け止めるようにして見上げると、枝の付け根や先端にシソの穂のようなものがたくさんついている。うっすらと赤みを帯びたものもあれば、うす緑のものもある。雌花と雄花だ。

坂を上りきってしばらくのところにあるスーパーに寄り、目玉商品の生鮭としめじを買うと、美海は自分もケヤキと同じく一人で二役だと、少し気負いながらペダルをこいだ。

何ごとも起こっていませんように。

家につくと、おまじないのようにそう念じて、ゆっくり鍵をまわした。

開いたドアからみそ汁とごはんの匂いがただよってくる。

その匂いに安堵しながら、美海は靴をぬいだ。夕飯のしたくができるうちは大丈夫。そう自分に言い聞かせて、美海は毎朝出勤しているのだった。

三

次の間に目をやると、いつもは開いている引き戸が閉まっている。開け閉めするのにコツがいるので、寝るとき以外は開けたままにしている戸だ。

美海は急に不安にかられて、荷物をその場に放り出し、引手に手をかけた。力を入れたが開かない。あせりながらガタガタさせていると、やっと開いて、美海は部屋のなかにつんのめるようにして入った。

スケッチブックや色鉛筆が散らばるなかで、麻耶が畳にぺたんと座りこんで、涙をぽろぽろとこぼしている。

「麻耶」

美海は思わず娘にかけよって肩を抱いた。

「ち、違うの。お母さん」

麻耶は美海の手を振りほどくように肩をゆらし、コントローラーを握りしめた手でテレビのゲーム画面を指し示した。

「ずっといっしょに闘ってきた仲間が、もう少しでクリアというところで敵に殺されちゃったの。だから……」

手の甲で涙をぬぐっている。

「ゲームって……。ゲームにそんな物語があるの？」

「ロールプレイングゲーム。もう、お母さんって時代遅れなんだから」

麻耶は照れかくしのようにいって、「さっき、おばあちゃんから電話があったよ」とティシューをとって洟をかんだ。

美海はいぶかしむ気持ちを残したまま、奥の四畳半に行き、部屋着に着替えた。

脱いだ服をハンガーにかけていると、またぞろ疑問が頭をもたげてくる。ゲームのなかの仲間が死んだくらいであんなに涙を流すだろうか。

「どうして戸なんか閉めてたの？」

「だって、画面に光が映り込むんだもの」

麻耶は平静な表情でゲーム機を片づけはじめた。

納得したわけではなかったが、美海はとにかく夕飯にしようと、かがみこんでいる娘の後ろを通り過ぎ、台所に向かった。引き戸の前に転がっていた買物袋を流し台の上に置く。冷蔵庫を開け、必要な材料をそろえると、

「それで、おばあちゃん、なんて？」

美海はアルミホイルに手を伸ばしながらきいた。

「また電話するって」

麻耶がテーブルの上の新聞やダイレクトメールを片づけはじめた。

「ねえ、生鮭が安かったんだけど、ホイルの包み焼きにする？　ムニエルって手もあるけど」

「お母さんたら、もう決めてるくせに」

麻耶が笑ったことにほっとしながら、美海はホイルの内側にバターを塗り、しめじと薄切りたまねぎを敷いて鮭を包んだ。オーブンで焼きながら、じゃこサラダを作り、ローストしたクルミを散らして、えごま油をかける。

食卓につき、向かいあって食べながら、

「ねえ、麻耶。フレスコ画やってみない？　下条のおじさんが教室にきてもいいって」

美海はきょうの話を切りだしてみた。

「おじさんが？」

下条の名前が出ると、いつもくすぐったそうな顔をする麻耶が、不思議そうにきいた。

「フレスコってね、描きはじめて数時間すると、顔料がマルタのなかにスー、スーって吸い込まれていくの。そのときの気持ちよさったらないのよ。描いてみると、ほんとに虜になる。ねえ、やってみない？」

「そんなに面白いの？」

「お母さんも、下条のおじさんも、由美おばちゃんも夢中じゃない。油絵や水彩画とはマチエールがまったくちがって、できあがりの色もきれい。それが何千年も色あせないのよ。二万年前の洞窟に描かれたラスコーやアルタミラの壁画も天然のフレスコ画」

「へえ」

麻耶の目が興味を示してきらめいた。

「日本では高松塚古墳の壁画が有名ね。一度でいいから見にきてみたら。教室に通うかどうかはそれから決めればいいから」

「でも、外に出たら友だちに会わないかな……」

「だいじょうぶよ。みんな学校に行ってる時間だから。担任の先生にはお母さんから話しておくし」

「でも……」

麻耶はまだ迷っているようだったが、心が動いていることは見てとれた。

「麻耶のスケッチブックの中の絵、お母さん、きょうフレスコ画にしたのよ。いま乾かしているから見にきて」

「どの絵かな……」

「見ればわかるわ」

美海は、さっそく明日行こう、と麻耶の目を見ると、「そう、そう。おばあちゃんに電話しなきゃ」と傍らの受話器をとった。

コール音が鳴りやみ、志津が出た。用件をきくと、

「それがねえ、デミがギリシャに来てほしいっていうのよ。気持ちはわかるし、行ってあげたいけど、言葉もわからないのに、年寄りふたりだけで行くのは心配で……。だけど……」

志津が少し言いよどんだ。

「だけど？」

「悲痛な手紙なのよ……。いま送るから、ちょっと見てみて」

しばらくするとファックスに切り替わり、見なれた文字の手紙が押し出されてきた。


運命の友、賢治さま、志津さま、お元気ですか。あなたたちの同情と愛の言葉たちは、わたしのためにを、どうもありがとうございます。

アスパシアは去りました。と、休みました。睡眠のなかに去りました。彼女、何もわからない。けれども、わたしは残りました。昼と夜が、泣きます。全部の世界が暗いを、思うです。

賢治さま、志津さま、わたしの心からが頼みます。あなたたち、できますときに、ここに、ギリシャに来ましょう。と、滞在します。と、同情してほしいです。

したがって、わたしはあなたたちとともに、すべてのギリシャを訪れりましょう。これは、わたしにとてもいいでしょう。淋しさができない。

終わりにが発狂しよう。切望で待ちます。あなたたちはここに来ましょう。

デミのでっぷりと太ったからだ、灰色の髪、その下の悲しげな瞳、鼻の下にたくわえた口ひげ、それらがくっきりと浮かんできた。アスパシアの淡い緑色の目も思い出される。賢治と志津がギリシャに行けば、たしかにその間デミは淋しさができないだろう。

ファックスに目を落としたまま、美海がしばらくぼんやりしていると、麻耶が手を伸ばして、デミの手紙を引き寄せた。

じゃこサラダを口いっぱいに押し込んで、咀嚼しながら読んでいる。やがて口の動きが止まり、唇がへの字に結ばれた。それがかすかに震えたと思うと、ごくり、と無理に飲み込む音がした。

見ると、麻耶の目に涙がいっぱいたまっている。

美海は、自分が長いあいだ泣いていないことに気づいて、胸のなかを冷たい水が流れ落ちていくような感覚にとらわれた。

ゲーム上の仲間の死や、ファックスの向こうのデミの嘆きに、麻耶のようには寄りそえなくなっている自分がいる……。

それは、下条と由美にこれ以上ないというくらい世話になりながら、ときにどうしようもなく苛立たしくなる、そんな屈折した心の動きにも通じている気がした。

「明日麻耶が見学に行くって、下条のおじさんに連絡しておこうか」

美海は動揺した気持ちを振り切るように、麻耶の頭に手を置き、由美の携帯に電話をかけた。

子どものいない下条夫妻は、仕事帰りに外で夕食をとることが多くて、遅い時間にならないと自宅にいない。直接下条に電話したほうが早い場合でも、美海は由美に連絡することにしていた。

「今、どこ?」

すぐに電話に出た由美に、美海は居場所をきいた。

「まだ足場の上。今ちょうど今日の分が終わったとこ」

由美はくたびれきったときの、しゃがれた声を出した。街路を走る車の音だろうか、かすかにゴーッというようなうなりが聞こえる。彼女は今、会社で請け負った大きな洋菓子店の壁画を三人チームで手がけているのだが、その日描く範囲・ジョルナータは、必ずその日のうちに描き終えなければならないから、ろくに休憩する暇もなかったのだろう。大きな壁画は、そうして何日も塗り継いで完成させるのだ。

真夏の屋外での作業はかなり体力を消耗する。美海があとでかけ直そうかときくと、

「平気、平気、風が出てきたからけっこう気持ちがいいの。しばらくは立ちあがりたくもないしね」

由美は笑いながら話をうながした。

受話器の向こうから、一日の仕事を終えた由美の髪を、風がなでて通りすぎる気配が伝わってくる。その髪の美しさや率直な物言いを、美海は妬んだこともある。遠くの街のざわめ

きを聞きながら、美海は麻耶が教室を見学する気になったことを伝え、アスパシアの死以来のデミとのやりとりをかいつまんで話した。

「それで、デミ、父と母にギリシャに来てほしいっていうのよ」

さきほど母から送られたファックスの文面を読みあげると、

「行けるのなら、行ってあげたら？」

由美は、志津たちの不安がわかるのか、「来月、わたし壁画の補修の研修に一か月ほどフィレンツェに行くから、そのとき一緒にアテネにつれていってあげようか？」ときいてきた。

「考えてみれば、最初に通訳したのはわたしだものね。麻耶ちゃんと並んで寝てた赤ん坊も、よく覚えてるわ。泣くと歯のない口がまるく歪んで、泣き顔まで可愛かった……。これも何かの縁だから、わたしもお墓参りにつきあうわ。帰国のときは、デミに空港まで送ってもらえば、わたしがいなくても帰ってこれるでしょう？」

「いいの？」

また甘えてしまうと思いながら、美海もそれがいいような気がした。

「ギリシャには行ったことがないから、一度行ってみたいと思ってたし。いい機会だわ」

「じゃあ、父と母にきいてみる」

「オーケー」

こうして、賢治と志津のギリシャ行きが決まった。

麻耶は少しずつフレスコ画教室になじんでいった。

最初は美海がなかば引きずっていくかたちだったのだが、石灰と砂を混ぜてこねたり、コテを使ってならしたりする楽しさに目覚めたのか、いつのまにかすすんで支度をするようになったのだ。

学校が夏休みに入り、「自分だけが家にいる」と意識せずにすむようになったからかもしれない。麻耶の肩から不登校をしているという力みのようなものが消えて、表情がずいぶんやわらいだように見える。学校に行かないでいるということは、それだけで相当エネルギーのいることだったのだろう。

コテを使ってマルタを均一に塗る。その作業がまず麻耶の気に入ったようだった。下条の真似をして頭に手ぬぐいを巻いた麻耶は、海賊のコスプレをした少女のように見えた。Ｔシャツにマルタや顔料をはねちらかしたまま、受講者にまじって生真面目な顔で絵筆をふるっていく。下絵を描いて写す作業を嫌って、麻耶は構図を決めると直接マルタに描いていった。ことに植木鉢に描くのが面白いらしく、ぐるりと一周すると物語になるように絵を描いては、ひとりでしばらく眺めているのだった。一粒の種が双葉になり、生長して樹木になったり、花になったり、少年少女が出会って、草に寝転んだり、自転車に乗ったり、そんな図柄がためらいのない線で描かれていく。

「ほう、これは売り物になるなあ」

下条が麻耶が描いた植木鉢をいったん手に取り、それからおもむろに何も描いてないほうの鉢を手に取ってからかうと、

「もうっ」

麻耶は白い歯を見せて、下条を突き飛ばすような真似をした。

鷹揚に見守りながら、子犬とじゃれあうように麻耶に接する下条を見ていると、ふっと美海は自分の欠落を感じる。

教室がはねて、下条が麻耶を上野の森で開かれている展覧会に連れ出してくれたときのことだった。

そのあと一緒に夕食をとろうということになり、美海は由美とファミリーレストランで先に待ち合わせた。由美から二人だけで少し話せないかといわれていたのだ。

窓側に一列に並んだテーブル席に向い合ってすわると、黒い鏡になった窓に、天板を照らす灯りと目の下に影のできた美海の顔が映った。

「麻耶ちゃん、学校の前で声をかけられたらしいわ」

頼んだコーヒーが届き、由美がカップに手をかけてそう切り出したとき、美海は何のことか見当もつかなかった。

「タレント事務所のスカウトらしいの。名刺を渡されたって」

「名刺って、いつ？」

麻耶からは何も聞いていなかったので、美海はコーヒーに口をつけて次の言葉を待った。

「中学に入ってすぐらしいわ。麻耶ちゃんがそのまま連絡しないでいたら、その人、何度か校門の前で待ってたらしいの。それで援助交際だってうわさがたって……。どうもそれがきっかけらしいわよ」

「麻耶がそういったの？」

美海は、援助交際という言葉が使われただけで、何か嫌な気がした。

「下条の教室にあの中学に行ってる生徒のお母さんがいるのよ。麻耶ちゃんからも少しずつ聞き出して、総合するとそうなるの。あくまで推測だけどね。通学途中もよく男性から声をかけられるみたい。麻耶ちゃん、中学生になって急にきれいになったでしょ。スタイルも日本人離れしてきたし、大人っぽく見えるのかもしれないわ」

たしかに最近の麻耶の変化には驚くべきものがあった。キューピー人形のような幼児体型だったウェストがいつのまにかくびれ、胸がやわらかに隆起してきた。毎日一緒に風呂に入る美海は、その変化を蝶の羽化のようにただ美しいと思っていたのだが、その変化は外部にはどう映っていたのだろう。

「小さいころから可愛い子だとは思ってたけど、ほんとに皮を一枚脱ぎすてたみたいに美少女になったものね。電車やバスに乗ると、みんなが自分をじろじろ見る。それが嫌でたまらないといってたわ。目を引く美しさだから、やっかまれたのかもしれない」

由美は、人間って妬む動物だから、とつぶやいて、「あのナザールボンジュウをつけてあげたら」と美海を見た。

ナザールボンジュウとは、魔よけとしてトルコに伝わる青いガラス製のお守りのことだった。トルコでは、他人の悪意や嫉妬のこもった視線から災いが起きると考えられていて、そんな邪視から災いが起きるのをふせぐために、何にでも青い目玉のかたちをしたお守りをつけるのだ。

だが、由美のいっているのは、そんな一般論ではなかった。麻耶の父親がたったひとつ美海に残したあのお守りをさしているのだ。特別にトルコ石と黒曜石でできたナザールボンジユウを、彼は母親の形見だといって常に身につけていた。

けれども、どうして今、わざわざそのことに触れるのだろう。

美海は真意をさぐるように、由美の目を見返した。隣りのテーブルから、家族連れのにぎやかな声が聞こえてくる。

「下条がいうにはね、麻耶ちゃんは自分がどこからきたのかわからなくて、それで不安なんじゃないかって……。ふつうの子は、家にお父さんとお母さんがいて、自分がどこからきたのか、何の不安も感じずにいられるのに、麻耶ちゃんはそこのところがぐらついてるんじゃないかって」

「……」

イタリアで生まれたと話したとき、麻耶が身を乗り出すようにしたのを思い出した。

「あんなにきれいに生まれたのに、それを誇りに思えないでいる。それがかわいそうだって……」

黒い髪、黒い瞳の麻耶は、ふつうの日本人と大きくは変わらない外見だった。が、濃く長いまつげに縁取られた大きな目や、くっきりとした弓型の眉、鼻先のとがった彫りの深い顔立ちは、平面的な日本人顔の美海とはちがって、やはりトルコ人の父親の面影を色濃く残していた。目を伏せたときなど、まつげが頬に影を落として、ドキッとするほど美しく見えることがある。

でも、何を話せるっていうの。美海は心のなかでいった。麻耶に、あなたのお父さんはあなたが生まれるとわかったら、故国に戻って結婚の報告をしてくるって嘘をついて、いつまで待っても戻ってこなかった。そういうの？

美海は、幸せな結婚をしているあなたに何がわかる、と目でいった。

由美はいっしゅん怯んだように黙ったあと、意を決したみたいに口を開いた。

「彼の話をすると、あなたはいつもそう。ひどく攻撃的でかたくなな目になる。もう十四年もたつのよ。名前はカラジア・ヒクメット。トルコ人。年はあなたよりひとつ上。絵がすごくうまかった。黒い髪で、黒い瞳。ハンサムでやさしい人だったけど、事情があって別れてしまった。それでいいじゃない」

それが彼の実体であるかのように話す由美に、美海は腹立ちや口惜しさに似た違和感を覚えずにはいられなかった。

調べてみたら、ニセ学生だったのだ。本名を名乗っていたと、ほんとうに由美は思っているのだろうか。名前だけではない、国籍も年齢も、みんなデタラメだったかもしれないのに、いったい何を話してやれるというのだろう。

「麻耶はわたしに何もきかないわ」

感情を抑えていうと、

「あなたが何もいわないから、きいちゃいけないことだと思って、麻耶ちゃん何もきかないのよ」

由美は怒ったような顔をして続けた。「わたしも下条もカラジアとは友だちだったんだから、いろんな話をしてあげられるわ。スイカを食べるときは、日本人が塩をふるみたいに白チーズといっしょに食べたとか、トルココーヒーを飲むと決まって死んだ母親の話をしたとか。今まで黙ってたけど、下条は彼のスケッチブックも持ってるわ。イタリアの風景や自画像のほかに、だんだんお腹が大きくなっていくあなたをデッサンしたものが、何枚も何枚も残ってる。麻耶ちゃんには何よりじゃない。そろそろ話してあげようよ。もう充分に時間は過ぎた、そうじゃない?」

「充分だなんて……」

あなたにはわからないのよ。そういいそうになって、美海は口をつぐんだ。ひょっとして、わかっていないのは自分のほうではないのかと、ふっと気持ちが揺らいだのだ。

けれども、実体だと思って抱きしめていたものが、ある日急に煙のように消えてしまう。そんな目にあったとき、すぐにそれを心に収めることのできるひとなどいるのだろうか。事故にあったんじゃないか、のっぴきならない事情があって連絡できないでいるんじゃないか。同じことを何度も何度もくりかえし考えているうちに、一年がたち、二年がたちして、いつのまにか十四年という月日が流れてしまった……。

それがどんなに心もとないものか、由美にはとうていわからないだろう。そう思いながら、美海は窓に映った自分の顔を見た。

「麻耶をつれて日本にもどったとき、わたし、母に、美海、だまされちゃってかわいそう、っていわれたの。そのとき、わたし、いきなりベールをはがされたような気がしたわ。突然、自分の立場がリアルに見えた気がした。でも、人ってそんなに完璧に人をだませるものなの？　わからないのよ。何度も考えたわ。彼の気持ちをくりかえし。……彼は、なんの前ぶれもなく、ある日突然いなくなってしまった。だから、ひょっこり帰ってくる気がして、どうしてもあのアパートを離れられなかったのよ。あなたたちに助けてもらって、夢中で麻耶を育てているうちに、気づくと二年たってたわ……。いまも考えはじめると、わたし、混乱してきて、二度と男の人なんか信じられないような気持ちになるのよ」

「……下条は、そんなあなたに負い目を感じてるわ」

しばらく黙ってから、由美はテーブルの上で指を組んだ。「カラジアが荷物をもって出ていくのを見てたのに、すぐに戻ると思って、連絡先もきかなかった。あのお守りを託されたときも、まさかそのまま帰ってこないなんて思いもしなかったって……。そもそも引き合わせたのは下条だものね。彼はまださがしてるわ。カラジアはトルコのなかのクルド人だから、民族紛争に巻き込まれたんじゃないか、そんなことをいって……。異国で出会った男が女を置き去りにするなんてことは、世界中どこにでもあるありふれたことだって、いくらわたしがいっても、いやカラジアはそんな奴じゃないって、いまだに学校に電話して、だれかから問い合わせがなかったかきいたり、自分とあなたの連絡先が正確に残ってるか何度も確かめたりして。でもね」

「やめて。あなたに何がわかるの？」

美海がさえぎると、由美は前髪をかきあげて、ため息をついた。

「わたし、あなたと下条を見てると、ときどき無性に腹が立つの。何なの、その結びつき。二人とも大事に育てられすぎて、悪人を想像することができないのよ。甘いっていうか、なんていうか……」

美海は、下条に関するかぎりそれは当たっているのかもしれない、と由美に押しかけられて責任を取るように結婚した下条の顔を思い浮かべた。けれども、世間を知ったふうにいう由美にしたところで、結局は相当のお人好しなのだ。

それを承知でふたりに世話になりながら、美海がときおりその関係に嫉妬を感じ、皮肉な目で見ることがあることを、この女友だちはわかっているのだろうか。学生時代、もし下条にもう少し勇気があったなら、彼と自分の関係は、今とは別のものになっていたかもしれないと思うときがある。

「終わりのない気持ちには、自分で区切りをつけなきゃならないときもあるわ」

由美はそういって、美海の背後に手をふった。

ふりかえると、下条と麻耶が通路を歩いてくるところだった。楽しいことでもあったのか、笑いながら近づいてくる。

「お待ちどう」

下条は美海と由美の表情に目を走らせ、髭の伸びたあごをさすった。

「すごい風だったね、麻耶ちゃん」

そのまま由美の隣に腰をおろし、向かいの席にすわった麻耶に耳打ちするように話しかける。とたんに、麻耶が噴きだし、美海と由美は顔を見合わせた。

「歩いてきたらね、このレストランの入り口で、ツルツルの頭を押さえてるおじさんがいたの。何をしてるんだろうと思ったら、そのおじさんの頭から、吹き流しみたいに、片側だけ髪がなびいてたの。そしたら、下条のおじさんがね、小さな声で、全然押さえられてないぞおって」

そこまでいうと、麻耶はまた苦しそうに息だけで笑った。

「あと十年もしたら、この下条のおじさんも風の日に頭をおさえるようになるかも。もう相当うすくなってるんだから」

由美が、風にふわー、と下条の髪を持ち上げてみせると、麻耶はさらに苦しげな笑い声をあげた。こんな麻耶を見るのは久しぶりだ。そう思った途端、急に胸が熱くなって、あわててコーヒーカップに視線を落とすと、

「ところで、展覧会どうだった？　いい絵あった？」

由美が麻耶にたずねる声がした。

「それがね、お母さんにそっくりの絵があったの」

麻耶が急に声をはずませた。「シャガールみたいに、いろんなものが空中を飛んでる絵なんだけど、真中に浮かんでる女の人の顔がお母さんにそっくりなの。ね、おじさん」

「うん。空中というより海のなかだな」

「おじさんたら、その絵の前で立ち止まって、なかなか動かないの」

「そんなに似てたの？」

由美が下条を見た。

「ああ。二人ともあとで見に行くといいよ。新進の画家らしいけど、いい絵だった」

下条はそういうと、テーブルに立ててあるメニューをとって、「おじさんのおごりだから、デザートも食べていいぞ」と麻耶の前にパフェやケーキのページを広げてみせた。

五

賢治と志津が由美に付き添われてギリシャに旅立ったのは、この夕食会の一週間後だった。

由美からぶじアテネに着いたと電話があり、しばらくして、志津から

二枚続きのオリンピアの遺跡の絵はがきが届いた。
美海はそれをフレスコ画教室に持っていき、受講者が帰ってから麻耶にデッサンの基本を教えている下条に見せた。

美海、麻耶ちゃん、お元気ですか?

この三日間は南ギリシャのナフプロオニ島一周の二泊旅行にデミに案内していただきました。すごい暑さですが、湿気がないので快適です。

ギリシャに着いた翌日は、由美さんもいっしょにアスパシアのお墓参りに行きました。大理石でできた立派なお墓です。しきりに涙をぬぐうデミの姿を見ていると、こちらまで涙が出て困りました。

昼食はデミの妹さんの家でギリシャの家庭料理をごちそうになり、アクアポリス神殿も見学しました。その後デミの家で一泊したあと、由美さんとは別行動になりました。そのままフィレンツェに行くということでしたが、とてもお世話になったので、あなたからもお礼をいっておいてください。

今はアテネですが、明後日の夜は船でクレタ島に行き、一週間泊まる予定です。クレタはアスパシアの生まれた島で、オリーブとオレンジがいっぱいの素敵な所だとか。アスパシアのお母さまがご健在で、わたしたちを待っていてくださるそうです。元気で過ごしているのでご心配なく。

「デミをなぐさめに行ったというより、自分たちが楽しませてもらいに行ったような便りでしょう」

美海が絵はがきに目を通している下条に声をかけると、

「それで淋しさができないなら、いいんじゃないか。ね、麻耶ちゃん」

下条は、前に美海が話したデミの言葉を覚えていて、そんなことをいった。

麻耶は下条に与えられた卵のデッサンを一生懸命している。光と影、質感を表現するには格好の材料だといって、下条はいつも初心者に卵をデッサンさせるのだった。

「電話も一度あったんだけど、あっちでの費用、全部デミが出しているみたいなの。物価が違うから、日本円ならそれほどの額じゃなくても、向こうではかなりの金額だと思うのよ。癌患者をひとり看取るって、すごくお金がかかることじゃない？　日本に来たときは父と母が滞在費を持ったんだけど、おあいこって考えていいものかしら」

そんな心配をする美海に、

「向こうが計画した旅行だろう？　できないことはしないんじゃないか。どうなの？　デミの経済状況は」

下条は麻耶の描いた影の線を指先でこすって、手本を示すように絵に微妙な陰影をつけている。

「暮らしぶりは質素みたいだけど、裕福なほうなんじゃないかしら。アテネの自宅の他に別荘と貸家をもってるらしいわ。親からゆずられたオリーブ畑もあるみたい。息子は大学教授だし、ウチの親にくらべたら大金持ちかもしれない」

「じゃあ、甘えてもいいじゃないか。デミは喜んで世話をしているよ」

「そうね、そう思うことにする」

賢治と志津はその後、船で一週間かけてエーゲ海の島々をめぐったようだった。

「ギリシャ人は旅行中でも毎日二時間は昼寝するの。ホテルのベランダで椅子にもたれて海を見てると、日本であくせくしてたのがなんだか夢みたいで」

アテネから国際電話をかけてきた志津は、興奮したようにギリシャの美しさを語ったあと、成田空港の到着時刻を告げ、「直接渡したいお土産があるから、悪いけど空港まできてくれない？」と電話をきった。

次のフレスコ画教室のとき、美海がその話をすると、下条が車で成田につれていってくれるという。美海は甘えることにして、まだフィレンツェに滞在している由美に電話をかけた。

「電車を乗り継いでいくのもたいへんだから、ダンナさん、お借りするわよ」

いつものようにことわりを入れる美海に、由美は、「そんなことで電話してきたの？」とあきれたような声でいってから、

「それはそうと、デミって、日本に恋人がいたの？」と聞いてきた。宿舎の窓を開け放しているのか、街の喧騒のようなざわめきが聞こえてくる。

「恋人？　そういえば、日本にきたとき、そんなことといってたわねえ。たしか、キミコさんっていってた。もし生きているなら会いたい、さがしてくれないかって」

「それで？」

「父が、アスパシアが一緒なのにとんでもないってつっぱねたのよ。わかってるのはキミコっていう名前と昔住んでた神戸の地名だけで、さがしきれるとも思えなかったし……。手紙に書いてあった番地は長い間に消えてしまったらしいの」

賢治に断られて、デミは美海にも頼んできたのだった。そうとは知らない美海がデミの希望を伝えると、賢治は、

「相手のことも考えなければな。自分の手前勝手で、静かに暮らしている人に迷惑かけるものじゃない」と神戸の街を案内するだけにとどめたのだった。

それでもあきらめかねているようすのデミを見かねて、美海が神戸の役所に問い合わせた地名は、旧表示なのか現在は使われていなかった。

「あたし、帰るとき、デミに写真を見せられたのよ」

由美が受話器の向こうでいった。「青年のデミが東洋人の女性の肩を抱いて笑ってる写真。少女といってもいいくらいの娘さんだったわ。デミも少年みたいに若くって……。そういえば、かすれた字で裏に何か書いてあった。名前だったのかしら。デミが何かいいかけたとき、ちょうどデミの妹さんが部屋に入ってきて、話はそれっきりになっちゃったんだけど。そのとき、彼、さっと写真をしまったの。それがちょっと気になって」

「奥さんが亡くなったばかりなのに、昔の恋人の話をしてたんじゃ具合いが悪かったんじゃない」

「それはそうね」

由美はくすっと笑い声をたててから、「でも、デミ、奥さんをほんとに愛してたみたいよ。アスパシアの話になると、みるみる涙ぐんじゃうの」

「お墓参り、どんな感じだったの？ ギリシャのお墓がどういうものか見当もつかないけど」

「デミの家のすぐ近くだから、花を持ってみんなで歩いていったの。デミは毎日お参りしているっていってたわ。直方体の大理石の墓石でね。奥のほうに釣鐘型のライトや香炉がついた棚があって、それを見下ろすように大きな十字架が立ってた。アスパシアの名前と生没年が刻まれてたわ。香炉でお香を焚いて、みんなでお祈りしたの。棚の下には生前の写真とあなたが贈ったフレスコ画が飾ってあった。お参りしないときは、ちゃんと扉を閉められるようになってるの。ギリシャ正教の教えでは、遺体は魂の宿る場所だから、復活できるように土葬なんだって。でも土地不足でね、皆が土葬にすると埋める場所がなくなっちゃうから、個人のお墓は長くて三年しか使えない決まりなんですって。あとで遺骨を掘り起こして、共同の納骨堂に納めるらしいわ。だから息子のミハリが、墓石はそれほど高価なものでなくていいというのを、デミは押し切って一番豪華なお墓にしたんだって。わたしたちがお参りしている間も、たえず写真に向かって話しかけててね……」

由美はそのときのデミのようすを思い出したのか、「さすがのあたしもちょっと感動しちゃった」と照れたような声でいった。

「あなたのところだって、あなたが先に亡くなったら、下条先輩が同じように悲しんでくれるわよ。逆の場合はどうかしらないけど……」

「ま、失礼ねえ」

由美は電話の向こうで乾いた笑い声をあげ、「デミっていつごろ日本にきてたの？　進駐軍？」と思いがけないことをきいた。

「えっ、そんな前なのかしら」

美海は受話器をもったまま首をかしげた。「まさか、そんな年じゃないわよ。船の設計技師だったって聞いたから、その関係かしら。知らないわ。考えたこともなかった」

「十年以上もつきあってて、そんなことも知らないの。普通はきくわよ」

さもあきれたといった由美の口調に、美海は、カラジアにも何もきくことを思いつかなかった若い日の自分を思い出した。

「そうかしら……」

「そうよ、普通はきくわよ」

「やっぱり、わたしって、どこか抜けているのかもしれない……」

つぶやくようにいうと、美海は、「今度父と母に聞いてみるわ」と電話を切った。

賢治と志津が、ギリシャから帰国したのは、この電話の三日後だった。

美海は下条と麻耶の三人で成田空港に迎えに行き、到着ロビーで小一時間待った。

高い天井に英語と日本語の放送がかわるがわる響くなか、目の前をたくさんの旅行者が通り過ぎていく。国際空港だけあって、さまざまな髪の色、目の色、肌の色の人がいるのを、麻耶はじっと見つめていた。日本人ばかりのなかにあっては少し毛色のちがう麻耶も、このなかでは少しも特殊に見えない。

「あっ、着いたみたい」

便の到着を知らせる電光掲示板を見上げていた麻耶が小さく声をあげた。

到着ゲートから、出国手続きを終えた人たちが次々とスーツケースを載せたカートを押して出てくる。列が途切れたあたりで、やっとカートいっぱいに荷物を載せた賢治と志津があらわれた。

志津は、美海たちの姿を認めると、笑顔になって足早に近づいてきた。カートを押した賢治は、あくまでゆったりした足取りだ。

「麻耶ちゃん、お迎えありがとう」

まっさきに孫の手をとり、志津はようやく後ろに立っている下条に気づいたらしかった。

「ああ、きてくれてたんですか。奥さんにもお世話になって、ほんとに何から何まで……」

何度も何度も頭を下げる志津の横で、父の賢治まであらたまったようすで礼をいう。下条は居心地悪そうに大きな体をちぢめて頭をかいた。

「とにかくお茶でも飲みましょう」

下条が賢治に代わってカートを押し、一行は空港内の喫茶室に落ち着いた。そこここに外国人がいて、さまざまな言葉がとびかっている。

麻耶は飛行機がすぐそばに見えるのが珍しいのか、言葉少なに窓外に広がる滑走路ばかりに目を向けている。小さいころから内弁慶で、しばらく会わないでいると、祖父母にさえ慣れるまでに時間がかかるのだった。

志津はとりとめなく旅のようすを話しながら、

「この花瓶だけ手渡して、あとは宅配便で送ろうと思ってたの。下条さんがきてくれてほんと助かったわ」

と荷物を解いて、下条家への土産と美海たちへの土産を二つの紙袋に分けた。

志津が手渡したかったという花瓶は青いガラス製で、表面に銀色の針金で精緻な模様がほどこされていた。

「お母さんはそれがすごく気に入って、飛行機のなかでも抱いて持ってきたんだ。その渦巻き模様はネアンデルっていって、永遠をあらわす模様なんだそうだ」

賢治がめずらしく口をはさんだ。

「麻耶ちゃんにはお人形を買ってきたからね。目が大きくて、麻耶ちゃんそっくりなの。見たらびっくりするわよ」

志津がいったんしまった包みを開こうとすると、賢治が慌てて制した。

成田から郷里の町までは、車で四時間近くかかる。賢治と志津はコーヒーを飲み終えるとそうそうに帰っていった。


空港からの帰り道、下条の運転する車が、ケヤキ並木のもんか坂にさしかかったときだ。赤信号で停止した下条が、だいじょうぶかな、とつぶやいて前方の歩道を指差した。

運転席の肩越しに目を向けると、交差点をはさんだ向かいの横断歩道を渡ろうとして、白い杖の男性がまごついていた。見るからにあぶなっかしい。

信号の変化は、鳥の鳴き声に似た二種類の発信音でわかるのだろうが、歩道と車道を区切るガードレールの切れ目が、ケヤキの根方に邪魔されてさがせず、なかなか横断歩道に下りられないでいるのだった。駅や街で目の不自由なひとを何人か見たことはあるけれど、そんなに下手なひとははじめてだった。見えなくなってまだ間もないのだろうか。はらはらしているうちに、男性は杖で地面をさぐりながら、やっと横断歩道に出て渡りはじめた。

「この青信号で渡りきれるのかしら」

美海が危ぶみながら男性と信号機を交互に見ていると、突然男性が前のめりになり、弾き飛ばされるように倒れた。

「あっ」

杖が転がり、隣で麻耶も腰を浮かせた。

何が起こったのか、わからなかった。ほんの瞬間のはずだが、杖が飛んで、男性の両手が何かをつかむように宙をかくのがスローモーションのように見えた。

と、すぐうしろにいた髪の長い女性が、倒れた男性のからだを、まるで物でもあるかのようにまたいで渡っていった。

あっけにとられて見ているうちに、男性は反対側から走ってきた初老の男性に助けおこされ、何とかもとの歩道にもどった。

「ひどいな、またぐなんて……。あきれるというより……」

恐ろしいよ、と下条がつぶやいたとき、後続車のクラクションが鳴った。下条があわてて車を発進させると、

「あの女の人、わざと押した」と麻耶の低い声がした。

「えっ」

驚いて隣を見ると、

「すましてあんなことをする人、あたしのクラスにもいる」

麻耶は前を見たまま不気味なほど無表情な顔でつぶやいた。「まちがったふりして突き飛ばしていくの」

「えっ、どういうこと？」

美海は急に動悸をうちはじめた胸をおさえながら、「まさか、麻耶、そんなことされたことあるの?」と間近にある横顔を見つめた。まさか、毎日そんな日に……。そう思った途端、からだの内側が熱くなって、美海は思わず麻耶のからだにふれた。

ききたいことが押し寄せてきたが、すぐにはきくのがためらわれた。

坂を上りきれば、美海たちのアパートは左折してすぐだったが、下条はアパートへ向かう道には折れず、まっすぐ車を走らせた。

「ねえ麻耶、学校で何があったのか話してくれない?」

深呼吸をして気持ちを落ち着かせてから、美海はようやく話しかけた。

麻耶が身を強ばらせるのが、手の先から伝わってくる。

「お母さん、知りたいの。麻耶に起こったことは、お母さんに起こったと同じことだから

……」

前を見たままつぶやくようにいうと、麻耶は何度もためらうふうに身じろぎしてから重い口をひらいた。

車はどんどん走り、隣町に入っていく。

「あのね、わたしが歩いてると後ろでひそひそ声が聞こえるの……振り向くとわっと笑ったり急に黙ったりする……教室ではだれに話しかけてもみんな聞こえないふりをした……だれも話してくれないの……トイレのドアが急に開かなくなってお掃除の時間までずっと……」

麻耶の目に涙がたまり、唇がふるえて言葉がとぎれた。

美海は鳩尾のあたりがよじれるような気がして、ただ麻耶の手をにぎりしめた。

「あと給食のなかにね……」

麻耶は、ひとつひとつ思い出すように、遠くに目を投げ言葉をしぼりだした。

いま通りすぎてきたばかりの交差点を、救急車が不安をかきたてる音をふりまきながら走っていった。悲しいとか、口惜しいとか、そんな意識はないのに、美海のからだがひとりでにふるえてくる。

ルームミラーを見ると、きびしい顔でハンドルをにぎる下条の唇も、白くなるほど噛みしめられていた。

車はひた走り、窓外を見なれない街並みがよぎっていく。中学生だろうか、前方に停まっているトラックの右側を、揃いの体操服を着た男子学生が小突きあいながらランニングしている。

「そんな学校、こちらからお断りよ」

しばらく走ったあと、美海は麻耶の手を両手で包み込んだ。「麻耶、引っ越そう。お母さん、ずっと前から考えてたの。今のアパート、古いし、狭いじゃない。新しいきれいな部屋に引っ越して、新しい学校に通うのも悪くないんじゃないかって。心機一転よ。迷ってたのはね、逃げることになるんじゃないかって、どこかで思ってたから。でも、今はっきりわかったわ。そんなところで闘うのはエネルギーのムダだって。くそくらえよ。麻耶、部屋だけでも夏休み中にさがそう」

「でも、引っ越すって、お金かかるんでしょ」

にぎりしめている麻耶の手がふたたび強ばるのがわかった。

「ま、失礼ねえ。お母さん、これでけっこうお金持ちだから、安心して」

「それじゃあ、麻耶ちゃん、前祝いに豪華夕食としゃれこもうか。お金持ちのおごりで」

運転席から下条が、揶揄するような声をあげた。

「よかろう。一日ご苦労であった。運転手に礼をとらそう」

美海が肩をそびやかせてみせると、

「お母さんたら……」

麻耶がふっと笑って、くそくらえだって、とつぶやいた。

その瞬間、強ばっていた麻耶の手からすっと力がぬけたことに気づいて、美海は娘の顔を見やった。

はじめて学校のことを話すことができた、それだけで、麻耶は、ほんの少し癒されたのかもしれない。そんな思いが頭をかすめた。

「それじゃあ、そろそろ引き返すぞ」

下条が車をUターンさせ、しばらく走ってイタリアン・レストランにすべりこんだ。

都内一帯にチェーン展開されている店で、どの料理も安い。

「なんでも好きなものを召し上がれ」

美海は余裕の表情をつくって、麻耶と下条に鮮やかな料理の写真がついたメニューを差し出した。サラダにピッツァにパスタ、肉と魚介の料理にスープ、デザート、飲み物、色とりどりだ。三人それぞれ別のセットメニューを選び、完璧な家族みたいに分け合って食べた。

アパートの前まで送ってもらったのは、夕方の六時過ぎだった。

鍵をあけると、一日しめきっていた部屋の熱気が、一気にからだにまとわりついてきた。

美海は台所の窓を開けて空気を入れかえ、

「お土産、開けてみて」と紙袋を麻耶に渡し、奥の部屋に行って部屋着に着がえた。

麻耶が包装紙を次々とはがして、丸テーブルにいろいろな物を並べていく。

オリーブ・オイル、オリーブの実の瓶詰め、オリーブ石鹸、とオリーブづくしの土産物が並んだあと、麻耶に似ているという人形が続いた。皮の財布や、鞘に細かな装飾が施されたナイフもある。

「お母さんの名前が書いてあるお土産があるよ」

麻耶がギリシャ模様の包装紙に「美海さん」と記されている包みを示した。開けてみると、真っ青なラピスラズリ・ビーズの間に銀色のメタル・ビーズが散りばめられたネックレスが出てきた。

「きれい」

化粧箱から取り出すと、底に「美海さんへ」と書かれた紙片が入っていた。

コピーしたらしい若いカップルの不鮮明な写真の下に、〈わたしの心からが頼みです。もう一度、この人をさがしてください。デミ〉と日本語で書いてあり、その下にローマ字で何やら付け加えられている。

写真に写っているのは、おそらく由美が見たという、若き日のデミとキミコさんなのだろう。

「オオシロキミコって?」

一緒にのぞきこんでいた麻耶が、ローマ字の綴りを指でたどって、美海の顔を見た。

「デミの恋人だったみたい……」

名前の下に記された文字は、コーベ、カミホソザワチョーと読めるが、区名や番地らしいものはない。

アスパシアをなくした寂しさが、昔の思い出を呼び起こしたのだろうか。それにしても、なぜデミは、それほど昔の女性にこだわるのだろう。

英語と日本語で、どのくらい意思の疎通がはかれるのかは心もとなかったが、美海は直接本人にきいてみることにした。感傷や郷愁にしては執着が強すぎる気がしたのだ。

時差を考え、デミに電話をかけたのは、午後十一時過ぎだった。ギリシャはサマー・タイムで、夕方の五時頃のはずだ。

緊張して、息をつめて番号を押すと、三回の呼び出し音で男性が出た。

「もしもし、デミ? 日本から、美海です」

日本語でゆっくり呼びかけると、

「おお、美海さーん」

相手は驚いた声を出した。デミだった。

「お土産、いただきました」

日本語でいってから、プレゼント、サンキュー、とつけくわえた。

「おお、プレゼント。どういたしまして」

美海は父母が世話になったことの礼をいい、あらためてアスパシアへの哀悼の意を伝えた。

デミの日本語と英語では、細かなニュアンスをともなう会話は無理だろう。そんな思いがあって、どうしても紋切り型の表現になってしまう。顔が見えれば表情やジェスチャーで補うこともできるのだろうが、電話ではそれもできない。

もどかしく思いながら、美海はところどころ英語の単語をはさんで、神戸は大きな都市だから、町名だけで人をさがすのはむずかしい、と切りだした。

「他に何か手がかりはないんですか。別れたときの彼女の年齢や職業とか……」

思いつくままいろいろたずねたが、読み書きはできてもヒヤリングは得意でないらしく、なかなか要領をえない。じれったくなって、

「オオシロキミコさんって、だれですか」

美海がストレートにきくと、

「わたし、日本に子どもいまーす」

いきなりデミがいった。

「えっ、キミコ　イズ　ユア　ドーター？」

「ノー　コドモ。ノー　キミコ」

デミはノーを連発して、よく聞きとれない言葉でしゃべりだした。美海は受話器を耳から離し、思わず送話口を見つめてしまった。

「よくわからないわ。アイ　キャン　ノット　アンダスタンド」

美海は受話器を握りなおし、「あとでファックス。質問、送ります。答えて、下さい。アイ　アスク。ユー　アンサー。オーケー？」と、一語、一語区切るようにして付け加えた。

「ファックス？」

いぶかしげなデミの声が聞こえる。こちらの意図が伝わっているかどうかはわからなかったが、美海は、「アディオ、さよなら」そうギリシャ語と日本語でいうと、逃げるようにして電話をきった。

「お母さんの言葉、変」

麻耶が肩をすくめながら、「デミ、何だって？」ときいてきた。

「わたし日本に子どもいまーす、そういったの。どういう意味なのかしら」

うまく答えられず、独り言のようにつぶやくと、

「恋人のいいまちがいじゃないの。デミったら、画家と外科をまちがえるくらいだもの」

麻耶がこともなげにいった。

でも……、と反論しかけたが、勢いをなくして美海は黙った。愛しい人のことを英語でべ

イビーといったりもする。たしかに、独学で日本語を覚えているデミなら、子どもを恋人の意味で使うというのも考えられないことではなかった。

オオシロキミコの年齢や別れた日時、出会った経緯、その他覚えていることはないかなど、基本的な質問事項を日本語と英語で記してファックスしたのは、二日後の夜だった。

翌々日仕事から帰ると、デミからの長い返信が届いていた。

麻耶は下条と出かけていて留守だった。仕事で部屋さがしに行けない美海の代わりに、夏期休暇中の下条が、不動産屋をまわってめぼしい物件にあたりをつけてきてくれることになっていた。

自転車でもんか坂を上ってきて、汗びっしょりになり、美海はデミからのファックスを読むのは後回しにしてシャワーを浴びた。

ほてった肌に水の感触は心地よかった。首筋をはい、肩や胸を伝う水が、美海の輪郭をなぞるように落ちていく。石鹸を泡立て、足先からすね、膝、もも、と輪を描きながら洗っていると、だれにも触れられることのないからだが、ふと哀しいもののように感じられた。髪の先から水滴がぽたぽたと落ちて、肩や胸をたたく。

このまま朽ち果てていくのだろうか。夜中に目が覚めたときなど、美海は自分のからだをひっそりと抱きしめることがある。そんなときの、暗い谷底にひとりいるような気持ちを、美海はフレスコ画のなかに注ぎ込んできた気がする。

そんな自分をいたわるように、美海は全身を洗い、浴室を出た。髪のしずくを拭い、サマードレスに着替える。

冷蔵庫から麦茶を出してテーブルに落ち着き、デミからの返事を読みはじめた。

予想に反して、こちらからの質問に一問一答式に答えたものではなかった。もしかしたら、美海が質問を送るずっと前から、時間をかけて、辞書を頼りに書いていたものなのかもしれない。

活字を模した漢字と仮名で、一字一字ていねいに記されている内容をたどっていくうちに、美海の手は止まった。

キミコさんとの間に子どもがいるとはっきり書かれていたのだ。

目を上げると、台所の小窓が夕陽に染まっていた。

アスパシアはこのことを知っていたのだろうか。何も知らずに日本旅行についてきたのだとしたら……。

仲むつまじかった二人のようすを思い出した途端、デミが二つの顔をもつ奇怪な人間に変貌して、目の前に立ちはだかった気がした。写真でしか知らないキミコという女性の、置き去りにされたと知ったときの気持ちが、濡れた布のように胸にはりついてくる。

胸苦しさがわだかまって、ファックスを手にしたままじっとしていると、

「お母さん、電気もつけないでどうしたの。部屋、いろいろ見てきたよ」

麻耶が下条に送られて帰ってきた。

美海はあわててデミの返事を通勤バッグに押しこんだ。麻耶の目にはふれさせたくなかった。

急いで電灯をつけ、玄関に立つと、

「間取りや家賃の資料は麻耶ちゃんに渡してある。明日もいくつか見てくるよ」

下条はドアの外に立ったまま、ポロシャツの胸ポケットから不動産屋の名刺を取り出した。

「最終的に候補が決まったら、この人に実際に見せてもらうといい。昔の相場よりずいぶん安くなってるから、いま引っ越すのは正解かもしれない。それから、この前麻耶ちゃんと行った展覧会だけど、もうすぐ会期が終わるから見てくるといいよ」

下条は名刺といっしょに国際展のパンフレットを手渡し、「きみにそっくりな女性が描かれていたあの絵、〈ギュゼル　デニズ〉っていうんだ。気になるから、作者について調べてみるよ」と小声でいって、いつものように部屋には上がらずに帰っていった。

いつのまにか夕焼けが消え、大気がほの青く染まりはじめている。〈ギュゼル　デニズ〉とは、トルコ語で〈美しい海〉という意味だった。

「下条のおじさんたら、間取りより先に家賃を見るの。高級マンションも見たかったのに」

美海とふたりきりになると、麻耶は、「見るだけならタダなのに、あー、つまんない」と大げさにガックリとしてみせた。

滅多にはしゃいだりしない麻耶が、ことさらにおどけてみせるのは、不安を抱いているときだった。小さいころからつましい暮らしをしてきた麻耶は、家の経済状況をよく知っていて、多額の出費をして引っ越したうえに、また学校へ行けなかったらどうしよう、おそらくはそんな心配をしているのだ。

「麻耶、学校はあせらなくていいからね。気に入った物件はあった？」

動揺をおさえて、娘の顔をのぞきこむと、

「これなんかどうかな。もんか坂を下ったところで、隣の学区なんだけど、お母さんの職場には今までどおり自転車で通える距離なんだって」

麻耶は不動産屋からもらってきた資料を、腰の高さのテーブルに広げた。

ふとこのテーブルより背丈が低かったころの麻耶を思い出して、美海はここで暮らした年月を手でつかめるもののようにありありと感じた。背伸びしてやっとテーブルの上が見えるくらいの身長だったのが、頭がつかえるようになったと思うと、みるみる追い越していったのだ。雨の中をわざわざ傘をささずに帰ってきて、「だって濡れるの気持ちいいんだもの」とうれしそうに美海を見あげてきたこともある。そんな無邪気だった子が、いま学校へ行けないでいるのだ……。

美海は、間取り図に見入っている麻耶の、まつ毛の濃い端正な顔を見つめた。

「へえ、居間と台所の他に、部屋が二つあるじゃない」

気を取り直し、図面を指差すと、

「おじさんが、それぞれに自分のアトリエがあった方がいいだろうって……。麻耶には絵の才能があるから描きつづけろって。学校にばかりとらわれるなって」

「……」

夕飯のしたくがまだだったので、美海はふわふわ卵で包んだオムチャーハンを作り、麻耶とふたり、食べながら間取り図を見て物件の検討をした。

翌日、別の不動産屋も見に行ってくれるという下条に麻耶を任せて、美海はいつものように自転車で出勤した。

前かごに入れた通勤バッグに、デミからのファックスが入っている。

ペダルに足をのせたまま、すべるようにケヤキ並木の坂を下っていくと、網目模様の木もれ日が、腕をまだらに染めてすべっていく。

デミの返事の一節がくりかえし浮かんだ。


船でギリシャの港に入ると、子どものころから見慣れた風景が待っていました。両親、兄弟、友だち、みんなが出迎えてくれました。ウーゾ、オリーブ、ムサカ、なつかしい味です。キミコと子ども、呼ぶ約束、なかなかいえないでいるうちに、あれは本当にあったことなのか、夢だったのか、わたし、不幸にもわからなくなりました。

坂を下りきり、交差点で信号が変わるのを待っていると、なぜか、写真でしか見たことのないギリシャの風景が浮かんだ。コバルトブルーの海を見下ろす白い建物、オリーブとオレンジの樹におおわれた緑の島……。

仕事場につき、材料の手配をしたり、前日の伝票を処理したりしているうちに、すぐに昼食の時間になった。午後からはフレスコ画教室があるので、そのとき麻耶は下条といっしょに来るはずだ。

家からもってきた弁当を急いで食べ、美海は同僚に郵便局に行くといって外に出た。

自転車で十分ほど走ったところにある公園の横に、国際電話がかけられる公衆電話があるのを思い出したのだ。

デミのファックスの文章がくりかえし浮かんでくる。美海は駐車場から自転車を引き出し、角にあるガソリンスタンドを回り込んで大通りに出た。

アスファルト路面からかげろうのように熱気がたちのぼってくる。歩道橋のかかった交差点を渡り、雑居ビルが立ち並ぶ区間を走って、コンビニエンス・ストアの角を曲がると、めざす公園が見えてきた。

樹齢何年くらいなのだろうか、ゆうに十メートルは超えているクスノキが、濃い緑の葉を揺らしながら公衆電話を見降ろしている。

木陰にはなっていたが、真夏の電話ボックスはかなりの暑さだった。セミの声がシャワーのようにボックス全体に降りそそいでいる。

二つ折りのドアを半開きにしたまま、美海は百円玉を入れられるだけ入れ、デミに電話をかけた。麻耶が聞いているところでは話したくなかった。

三回のコールでデミが出た。美海はギリシャでは早朝になる電話をわび、あいさつもそこそこに、今の情報だけではキミコさんを探すのはむずかしいと告げた。

「わたしの命、長くないです。時間ありません。会いたいです。心からが頼みます」

デミは哀願するような声を出した。

イントネーションが違うからだろうか。切実というより厚かましく聞こえる声のひびきに、美海はふと反発を感じた。

「だってわからないことばかりじゃないですか。名前と住んでいた町がはっきりしているだけで、どんな漢字をあてるのかも知らないなんて……」

一度発した言葉は、勝手にあふれて止まらなくなった。

「いくら写真があっても、そんな昔の写真が一枚きりじゃ、公開捜査でもしないかぎり探せないわ。探せたにしても、日本に子どもがいることはだれも知らないから、内緒にしてくれだなんて……。虫がよすぎる。半世紀前の日本で混血児に生まれてくることがどんなことか、デミ、あなたにわかるの。今さら会って、いったい何になるというのよ。たぶんあなたを信じて子どもを生んだ女を、五十年も置き去りにして、ぬけぬけとアスパシアを愛していただなんて。妻も子どもも親兄弟も、ずっとずっとだまし続けていたくせに……」

相手が聞きとれないのをいいことに、美海は自分でも驚くほどの早口でまくしたてた。人止めるのは初めてのことだった。いえばいうほど寂寞とした気持ちになるのに、なぜかをののしれない。

「美海さん、ゆっくり、ゆっくり」

デミの声がカラジアの声に聞こえてくる。

「どうして、今ごろ、会いたいなんて……」

一語一語区切るようにして、美海はきいた。

「わたし、キミコ、愛しました。すぐに迎え、行くつもりでした。でも……。夢みたいだった……」

デミは、電話の向こうで手紙の下書きでも見ているのか、きのうのファックスと同じ言葉をくりかえした。

「あれは本当にあったことなのか、夢だったのか、わたし、不幸にも、わからなくなりました。……ある日、アスパシアに会いました。好きになりました。アスパシアは、生まれたときから見てきた母親や、妹、女友だちと同じ顔だった……」

「……それで置き去りにしたんですか」

「心の表、アスパシアを愛しました。心の中、いつもすすり泣きます。……息子のミハリが生まれた。孫のリトル・アスパシアが生まれた。そのたびに、遠い空の下のキミコと子ども、思いました。決して忘れるない……」

たどたどしい日本語が海を越えて渡ってくる。

「ふざけないで」

カラジアの顔が浮かんだ。

「わたし、キミコ、愛しました。決して忘れるない……」

「どうして、手紙を、書かなかったの」

「わたし、日本語、できるない。一生懸命、今を習います。キミコと子ども、会って、話したい」

それでデミはあんなにも熱心に日本語を習っていたのか……。その年月に思いをはせた途端、美海は不覚にも胸がつまって、何をいったらいいのかわからなくなった。

もしかしたらカラジアも、どこかの国で、どこかの女性を愛しながら、遠い空の下の美海と麻耶を思うことがあるのかもしれない。

今まであわあわとしていたカラジアとの別れが、急にはっきりしたかたちをとって、美海の心の底に下りてきた。

「デミ……」

しばらく沈黙してから、美海は電話口の向こうに呼びかけた。「見つけられるかどうかわからないけど、大使館に相談してみるわ。通訳を介して興信所に頼めば、何かわかるかもしれない」

デミがずっとさがしつづけていたことを、キミコさんと子どもに伝えたい。そう思いながら美海は受話器を置いた。今なら、〈ギュゼル　デニズ〉がカラジアの作品だという、そんな奇蹟も信じられる気がした。

セミしぐれが、美海を包みこむように降っている。

まるで十四年分のしこりを溶かすかのように、電話ボックスの扉に手をかけたまま美海はしばらく佇んだ。

目をあげると、陽炎のたつ道路の向こう側を、下条につれられた麻耶が歩いていくのが見えた。

ノースリーブのTシャツとショートパンツから長い手足が伸び、すれちがう人がみな振り返っていく。

そうだ、新しい学校へ行くときは、あのナザールボンジュウを麻耶にもたせよう。

ふと、父親について麻耶に話してやれそうな気がして、美海は揺らぎながら小さくなっていく娘の後ろ姿を見送った。


〈了〉

冬の陽に

海から吹き上げてくる冷たい風が、地面に膝をつき、両手をついた佑子の上気した頰をなでて通り過ぎる。足もとの草原にかすかなざわめきが広がり、小さなからだを包み込む。祈るような佑子の目が地面に注がれている。

両手の間には骨が埋めてあった。

空き缶の底にアルミ箔を敷き、ポケットにしのばせてきた骨を置いて、ガラスの破片でふたをしたまま土中に埋めたのは一か月まえのことだ。以来、薄くかけた土を払っては骨をのぞきこむのが、佑子のひとり遊びの中心になっている。

土のこびりついたガラスの向こうに黒ずんだ塊が見える。隙間からしみ込んだ泥水をかぶった小指ほどの骨が、アルミ箔に装われた空き缶の底にある。それを確かめるように見おろすと、佑子はかきのけた土塊をガラスにかけた。

背中に母の視線を感じた。しかし、同時に、それが錯覚に過ぎないことを佑子は知っている。ひとり遊びをする佑子を見守るように、いつでも母は寂しげな表情で立っている。

佑子は振り返って中空に母の顔を描いてみる。気をゆるめた途端、母の目は宙を彷徨いだし、はるか彼方、遠い一点を見つめだす。それは佑子を見ているようで見てはいず、自分自身の当惑を見つめる目だ。哀しげで祈るようにさえ見える。
「違うんだよ」
佑子はしだいに薄れてゆく母の姿を追い求めるように叫んだ。

二

海から吹いていた風がいつのまにか止んでいる。梢のふれあう音も消える夕凪の時刻だ。

水揚げを知らせるサイレンが二度、長く尾を引いて響きわたった。

佑子は庭先に出してあるバケツを手に取った。サイレンは二度だったからイワシのはずである。

二艘の網船《あんぶね》が大捕網《だいぼあみ》を引き、手船《てんせん》が獲れた魚を港へ運ぶ。それがこのあたりの主な漁法だが、船は港へ戻る前に無線で何が獲れたかを知らせてくる。漁業組合はそれを受けて、アジなら一度、シラウオなら三度と、獲れた魚によって決まっている数のサイレンを鳴らすのだ。

港には、サイレンを聞きつけた五十集屋《いさばや》や船方の家族が集まってくる。あっという間に水揚げの用意が調い、そこに魚を満載した船が入ってくる。

入院の数日前まで、母の久子はバケツを持って港へ出かけた。ばんりょうや生樽からこぼれ落ちた魚は、だれが拾ってもよいことになっていたからだ。

佑子が中の堤防にある魚市場に行くと、船はすでに入港し、水揚げがはじまっていた。たまと呼ばれる巨大な網でイワシをすくい、船腹に横付けしてあるトラックに勢いよく流し込んでいる。したたり落ちた海水であたりは一面水びたしだ。たまの底が割れて魚がなだれ込むとき、おびただしい数のうろこが陽を受けてきらめく。

そのさまを佑子はバケツを持ったまま眺めていた。手作業でばんりょうに魚を移し、運び降ろす男や女の声も、白い息になって見える。トラックは市場の突端にある製氷機の下へ行き、氷の砕片をぎっしりとつめこむ。魚を満載したエンジンや種々の機械類の低いうなり、氷が砕け散りぶつかりあう音、尻上がりの乱暴な浜言葉。それらが交錯し、ないまぜになって、水揚げ場を包む一つの音としてあたり一帯に降り落ちている。トラックやばんりょうからこぼれ落ちたままコンクリートの上で踊っている魚の尾や頭も、はねあがるたびに雑多な音を放出しているかのようだ。

佑子は船のすぐ近くまで歩いていって、落ちたイワシに手を伸ばした。背びれに触れた途端、思いがけない強さではねた尾が、ピシャリと手を打った。

思わず手を引っ込めると、

「どれ、ねえちゃん、貸してみな」

しわの間まで赤褐色に日焼けした老夫が、船の上からゴム手袋をはめた手を差し出した。

佑子がバケツを預けると、老夫はイワシの山をひとすくいして、

「道々落っことすんじゃねえぞ」

と潮枯れた声で手渡してくれた。

佑子は無言でうなずき、浅いおじぎをして、両手でバケツを持った。

肉のつまったイワシはかなりの重量である。小学二年生の力では、イワシがおもりになって、歩こうとするとバケツばかりが先に行き、ガニ股になってよろけてしまう。

「酔っぱらいの、子どもの棒手振りでござい」

若い船方たちのからかう声が飛んできた。棒手振りとは魚の行商人のことだが、荷をかつぐ棒と手を振って歩いたという彼らも、今では自転車や軽トラックを使っている。

「歩きの棒手振りなんか、いねえわ」

佑子が叫び返すと、男たちは一斉に大きな笑い声をあげ、

「ひゃー、おっかねえー」

と愉快そうにはやしたてた。佑子の眉間にみるみる青筋がたっていく。力まかせにひきずったバケツから、イワシがこぼれて、コンクリートの上ではねまわりはじめる。

「ほら、落っこったぞ」

すかさず叫んだ男のまわりでどっと笑い声が起こった。

佑子は唇を固く結び、さらに険しく眉根を寄せ、黙って魚を拾い集めた。中の一匹を男たちに投げつける仕草をしたが、もとより投げる気はない。そのままぷいと横を向くと、足をもつれさせながら、チャカ船と呼ばれる小型船がもやっている外の堤防に歩いていった。

右手には岩場の残る砂浜と外海が見え、左手には白い岩肌の松ヶ崎がのぞめる。海猫が、羽を広げたまま、空気の層をすべるように飛び交う。優雅な舞い姿に比べて、鳴き声は交尾期の野良猫そっくりに騒々しく響く。船のこぼれ餌めあてに、おびただしい数の海猫が飛来するのだろう。鳴き声がひときわ高まったとき、佑子は白い船体に漁船らしくない大きな虎を描いたチャカ船の前で足を止め、

「おっちゃん、校長おっちゃん」

と大声をあげた。

一日の漁を終えた船の上で、豆絞りの鉢巻きをした大男が鼻歌まじりに後片付けをしている。

「なんだよ」

中学で佑子の父親と同級生だったという男は、妙な節をつけて「何か用か、九日、十日」と口ずさみながら振り返った。佑子や姉の和子をつかまえては、「お前らのとうちゃんは中学校の平教員だけんとも、俺は漁業学校の校長だかんな」と笑うだけあって、海に関することならたいていのことは知っている。

「すり身団子って、どう作んだ？」

「すり身団子？　何すんだ」

「何だっていいから、作り方教えてよ。自分ひとりで作りてえんだ」

佑子の眉間に、血管が青く膨らんで浮き出た。男は頭の手拭いをはずして手を拭きなが

ら、柔和な眼差しで佑子を見た。

「そうか、ばあちゃんも病院だもんな。どうだ、かあちゃんの具合は？」

「変わんね」

佑子は再びぶっきら棒に答えた。

「やっぱ、もう片方も取っちまあのか」

「取んね。頭がはげる病気だ。おっぱいは関係ねえ」

佑子はかみつくような言い方をした。母の病気に触れられたくないのだ。

三年前、母の久子は片方の乳房を切り取っている。再入院したのは最近のことだが、一か月ほどの間に全身から肉が落ち、目ばかり目立つようになった。薬のせいで、髪も驚くほど薄くなっている。

校長おっちゃんは、「相変わらずおめえは可愛げがねえな」と舌打ちしながらも、

「ほれ、母ちゃんに持ってってやれ。刺身にすっとうめえぞ。いっぺんで病気なんか良くなっちまあってな」

と佑子のバケツのなかへ艶やかなヒラメを放り込んだ。

「すり身団子はな、頭と腹わた取って、後はみんなすりつぶせば、そんでいいんだ、イワシは骨も柔っけえから取んなくていいし、しそっ葉とかショウガとか入れてな」

「わかった」

佑子がうなずき、再びバケツをひきずって歩きだすと、

「こら、礼ぐらい言わねか、へそ曲がり」

校長おっちゃんの笑いを含んだ声が、後ろから追いかけてきた。

十歩ほど歩いてはドンとバケツを置き、一息休む。歩く、置く、休む。これを繰り返して、佑子はやっとの思いで家にたどり着いた。

台所の戸を開け、音をたててバケツを置くと、

「なんだ、港に行ってたのか」

父の俊夫が青菜を刻んでいた手を止めて佑子を見た。小学五年生になる姉の和子が傍らで米をといでいる。

「校長おっちゃんが母ちゃんにって」

佑子はぬめるヒラメをつかみあげて見せた。

「ほお、みごとだな」

俊夫は全体を眺めながら受け取ると、そばに立てかけてあった魚用のまな板を取り出して、佑子と和子に教えるふうに水をかけた。

「こうやってからでねえと生臭くなっちまあんだぞ。あとは、ワタを取った後に一回だけ洗うこと、それが大事だ、いいか」

透き通るような白身を手際よく捌きながら、娘たちの顔を見比べるようにして言う。その視線が、どうしても姉の和子の方に多く行く気がして、佑子は父の手許から目をそらして姉を見た。

「イワシだ。お母ちゃんにすり身団子も持ってってやっぺ」

和子が短いおかっぱ頭を振り、バケツの中をのぞき込んで目を輝かせた。

「そうだ、好物だもんな。お母ちゃん、喜ぶぞ。和子、作れるか」

「うん、作れる」

「あ、あたいが作る」

佑子はあわてて口をはさんだが、

「佑子にはまだ無理だ。そこで見てろ」

父は調理台の横の椅子を指し示した。

佑子はしばらく柱にもたれかかって爪をかんだ。和子がイワシの臓物を取りはじめるのを見ると、たまらなくなって外へ出た。

「こら、どこへ行くんだ。もう遅いぞ」

父の声が背中に押しかぶさるように飛んできた。

外壁に寄りかかって暮れていく空を見ていると、

「そこにいるから大丈夫だよ」

とりなすような和子の声が聞こえ、台所からはそれきりコトコトという物音だけが響いた。

「寒かったでしょう、さ、早くこっちへいらっしゃい」

佑子たちが病室に入ると、母は薄くなった髪をなでつけ、寝間着の上にはおったカーディガンに腕を通して手招く仕草をした。

東京の大学で父と知り合ったという母の言葉は、この土地に移り住んで十年余り経った今も、どこか土地になじまず異質に響く。

祖母の所在をベッドの下の丸イスを引き寄せながら訊く父に、母は顔を炊事場の方向に向けることで応えた。

片方の胸がくぼんだように抉れているので、やせたからだがいっそう貧相にみえる。地肌が透けるほど減った髪を片方の耳元で束ねた顔に、やつれが色濃くあらわれていた。目だけが奥深いところで灯をともしたみたいに光を放っている。

「いいおみやげ持ってきたよ」

風呂敷包みを枕元の台に載せて和子が言った。

「つみれ汁とヒラメの刺身だ」

父が中身を告げると、母は驚いたようすで笑い、

「ごちそうね」

「ヒラメは校長おっちゃんがくれたんだよ。すり身団子はわたしが作った」

和子が勢い込んで報告するのを、佑子は黙って聞きながら母の顔を見ていた。

「つみれ汁は父ちゃんが温ったためてくっから、刺身をみんなにな」

父が和子にヒラメを盛った皿を手渡し、同室の患者たちに会釈をして出ていった。

病室には母の他に三人の患者がいる。和子が刺身を小皿に取り分けているところへ、炊事場に行っていた祖母と父がそろって戻ってきた。祖母は皆につみれ汁を配って、

「うまかっぺ？　この子がひとりで作ったんだ。ろくに教えもしねえのに……」

和子の頭に手を置いて、相好をくずした。

「ほんとうめえな」

相槌をうつ音が汁を吸う音に混じってせわしなく聞こえる。

「ゆうべ集中治療室が騒がしかったと思ったら、おもんちゃんの所の嫁さんが亡くなったってなあ」

左隣の患者が、ふと思い出したというふうに箸の動きを止めた。

「下の子なんか、まあだ二歳か三歳だっぺ」

「それじゃあ、不憫で、死んでも死にきれなかったでしょうに……」

母が消えいるような声でつぶやいたので、部屋の空気が一瞬静まった。

「どこに行くんだっぺ」和子が幼い声を出した。

「死んだらどこに行くのかな、お母ちゃん」

「どこにも行かかね。ただ腐っていくんだ。なんだかネバネバした感じになって、どろどろに溶けていくんだ、なくなっていく……」

佑子は憑かれたようにしゃべりだしていた。母の答えのおおよその察しはついた。お姉ち

やんだってわかってるんだと思った途端だった。

「こら。食べてっときに……」

同室の人たちに言い訳するみたいな祖母の声が聞こえた。と、母が佑子を膝元に引き寄せてじっと見つめた。瞳はまっすぐに佑子に向けられていたが、佑子を見てはいず、自分自身の当惑を見つめるような目だった。哀しげで祈るようにさえ見える。

その目には見覚えがあった。

空き缶の底に金魚を横たえ、埋葬した日のことだ。ガラスのふたをして上に土をかぶせ、佑子は手を合わせていた。力がこもりすぎて手先が震えていた。その震えを唇を噛んで押さえようとしたとき、肩にそっと触れる手を感じた。

「何をしてるの」

いつのまにか母がすぐそばまで来ていた。

「……お祈り」

「どうして」

「死んだから」

「なぜ死んだの」

母は震えそうな声で尋ねた。

「お母さん、佑子が金魚鉢に手を入れるのを見たのよ」

姉の和子が雀の墓を作って誉められるのを見たとき、佑子は、自分ならもっときれいな墓が作れるのに、と思ったのだ。佑子は死骸を探し求めた。が、なかなか見つからない。捜しあぐねて、金魚のぬめるからだをぐっと握りしめたときの感触が蘇ってきた。

思わず母を見上げると、母は哀しげに光る目で佑子を見つめていた。佑子は違うと叫びたい気持ちを抑えて見返した。墓を作ったとき、もう自分は誉められたいとは思っていなかった。が、母の目が祈るようにさえ見えたとき、佑子は何が違うのか、自分でもわからなくなって言葉を飲み込んでいた。

あのときの目で、今も母は見つめている。佑子が思わず顔をしかめると、母の手が眉間に伸びてきた。

片手で佑子の頭を抱いて、もう一方の指先でなでさすりはじめる。まるで佑子の眉間に何か恐ろしいものでもついていて、それを消そうと躍起になっているかのようだった。

帽子をかぶった母の背中を片腕で支えながら、父が枕やクッションをベッドの頭の部分に積み重ねている。新しい病室は旧病棟の斜め後方に建っているので、佑子のいる旧病棟の非常階段からは中のようすが手に取るようにわかった。

背もたれを作り終えた父が、窓の外が見える位置に母をもたせかけてやるのを見て、佑子は胸のあたりで手を振ってみた。が、父も母も佑子には気づかない。たぶん、目は海に向けられているのだ。

五階にある母の病室からは、低い家並みの尽きたところに青い帯のような海が見える。むろん、入院する数日前まで見ていたような間近な海ではないが、母は二階の大部屋にいた時から比べれば、海が見えるだけでもありがたい、とつぶやいたものだ。

父が外を指差して話しかけるのが、母の耳のあたりにかがみ込む姿勢でわかった。背もたれに埋もれた母は少しもからだを動かさない。動かせないのだ。

病室を移された頃からあらわれた痛みは徐々に激しくなって、今では始終痛み止めを打って神経を麻痺させておかねばならなくなっていた。奥深いところで死んでしまったような土気色の皮膚。地肌の透けて見える薄い髪。非常階段からはそんな細部は見えるはずもないが、佑子は、海を前にした母の落ちくぼんだ眼窩の底で、目だけが冴えわたっているのが見える気がした。

三年前、乳癌と知らされて左の乳房を切り取った後、日常生活に戻った母の久子は、体力をつけるために港のまわりを一巡し、堤防の先端まで行くのを日課にしていた。漁船の出入りや海猫の騒ぎなど耳に入らないようすで、外界のうねりを長いこと見つめていた。なめらかな海面がせりあがり、沈み、揺れ動くのを、佑子が袖を引くまで眺めているのだ。

「……この海に比べたら、お母さんも佑子も小さな泡のようなものね」

うねりながらたゆたう海水の層が視界の果てまで続く光景を見ながら、母が遠い目をした日のことを佑子は思い出した。佑子を見つめていながら見てはいず、虚空に彷徨ったまま停止してしまう母特有の目だ。

父があいかわらず母に何か話しかけている。母の首がかすかに横に振れる。毎日のように食べたいものを尋ねる父が、また母の好物を持ってきたのだろうか。

ある朝起きてみると、母は匂い一切を感じなくなっていた。それ以来、母は食べることに極端に興味をなくして、義務的に食物を口に運ぶだけになってしまった。手足は瘦せ衰え、骨の節をくっきりと浮き立たせている。ごくまれに食物の名を口にしても、すぐに調達してくる父を落胆させるばかりだ。ここ何週間か、父はおろおろと落ち着かず、時に天井を眺めて茫然としたりしていたが、それとは逆に、いよいよ落ち着きはらって海を見つめる母の目は、佑子には異様に思えた。

——また、手術すっことになっかも知んねな。

だるさを訴えていた母の再入院が決まった夜、祖母に不安げにもらした父の低い声が、佑子の見る窓の中にある。しかし、そのときすでに、母は手術の必要すらなくしていたのだ。

祖母が窓枠の中にあらわれて、ゆるゆるとカーテンを引いた。と、カーテンが引きずってきたみたいに窓に夕雲が流れ込んだ。燃えるような夕焼けの色が、白い布地に照り映えている。その色が深い藍色に変わるまで、佑子は錆の浮いた手すりを握って移ろいゆく空を眺めていた。

その日の帰り道、街灯のほとんどない川沿いの道にさしかかったときだ。クルマを持たない父が、リヤカーの前につないである自転車をこぎながら言った。

「二人とも、お母ちゃんにやさしくするんだぞ……」

リヤカーの荷台に座布団を敷いて坐っている佑子と和子の頭上には、星のまばらな夜空が広がっていた。ひたひたと押し寄せる夜気が、襟首や袖口から侵入してからだを強ばらせている。和子の眠っているのが返事のないのでわかった。車輪に石ころがぶつかり弾け散る音だけが、リヤカーのまわりに奇妙な静けさを作っている。

その静けさにひきずられたように父が振り向いたので、佑子は思いきって口を開いた。

「お母ちゃんは死ぬんか」

体中の水分が蒸発するようにやせ細っていく母の姿が思い浮かんだ。

「ひとはだれでも死ぬんだ」

ペダルを踏みながら父が答える。

「ちがあ、もうすぐ死ぬんかって訊いたんだ」

川の面がわずかな薄明かりでしらじらと光っている。川音が急に耳についた。

「なあ、死ぬんか」

もう一度たずねると、

「お父ちゃんだって明日死んちゃあかも知んねえんだぞ。そんなことはだれにもわかんねんね」

佑子は思わず、馬鹿、と怒鳴った。

「親にそんな口利くんじゃない」

めずらしく父も声を荒立てた。気まずい沈黙が落ちた。

和子がいつのまにか目を覚ましていて、お父ちゃん、と細い声を出し、なだめるように言った。

「流れ星がくっといいねえ。三人でお願いすっぱ、きっとお母ちゃんの病気だって治っちまあよ」

反射的に佑子は夜空を振り仰いだ。光の弱い星がリヤカーを見おろしている。

「あっ、流れ星だ」

願望が言葉になって、佑子が空を指さして叫ぶと、二人は緊張してその方向に顔を向けた。が、空は茫々と広がるばかりだ。

「嘘だよ」

佑子が声をあげると、父が弾かれたように自転車を下りてきた。

「こんなときに嘘なんかつくんじゃない」

次の瞬間、佑子は生まれてはじめて父に頬を打たれていた。

五

いきなり名前を呼ばれて佑子は顔をあげた。命じられた漢字の書き取りをせずにノートの升目を塗りつぶしていたので、注意を受けるのだろうと思った。

「すぐに帰る支度をしなさい。お家で用があるそうです」

教師が教科書を手にしたまま、出入り口を指差していた。見ると姉の和子が手招いている。

廊下に出るや、和子は気負い込んだようすで、

「お父ちゃんが病院に行くようにって。お母ちゃんが会いたがってんだと」

一瞬胸が塞がるような感じがしたが、なんで、とかろうじて佑子は声を出した。

「わかんね」

「毎日、夜行ってっぺ。なんで、なんで」

次第に問いつめる口調になっていく自分が腹立たしく、佑子はわけもなく和子を詰りたくなった。

「なんでよ。なんで、なんで」

繰り返し言う。

和子はこころもち顔を曇らせて、背後に立っていた教師に頭を下げた。

「早く行って、お母さんに顔を見せてあげなさい」

穏やかな声で言う教師に、和子はきちんとした返事をしてから、

「早く行くべ」

と姉らしく佑子の背中を押してうながした。

小学校は山を削り取った高台にある。病院は坂を下ってしばらくの所にあったから、子どもの足でも二十分はかからない距離だ。

切り通しの坂に立つと、両側にそそり立つ崖に切り取られた海が板のように光ってみえた。

「山道通ってかねけ」

下り坂のはじまる所からは山へ上る小道も伸びている。道路はだいたい山裾をまわるようにできているから、山をはさんで反対側に行くには山道の方が近い。佑子はそのことを和子に言った。

「でもよく道がわかんねもの……」

一本別の道を行っただけで思いがけない場所に出てしまう山道の性質を知っている和子は、佑子の言葉に迷うふうだったが、少しでも早く病院に着きたいという気持ちがすぐに心の中で勝ちを占めたようだ。先を歩く佑子の後をすたすたとついてきた。

佑子は学校の周囲の山道は熟知している。分かれ道にさしかかるたびに近道を選びながら、病院での母の状態を考えていた。

目を閉じ、廊下の足音にじっと耳をすましている姿が思い浮かんだ。自分たちが駆けつけるのを今か今かと待っているに違いない。そう思うと、佑子たちが到着した途端、母は安心して息をひきとってしまうのではないか、そんな不安に襲われた。

枯れ野の寂しい色が目に染みて、佑子は思わず立ち止まった。

金魚の墓の前で合わせた手が、どうしようもなく震えていたことが思い出された。ぬめる体を握りつぶしたとき手からはい上がってきた感触がどうしても忘れられないと、母に訴えてみたい気持ちがわいた。

後から来た姉に押され、のろのろ歩きだすと、最後の分かれ道が見えてきた。ほんの少しの間迷ったあと、佑子は右に折れる道を選んで踏みだした。

「ほんとにそっちでいいんけ。こっちの道の下に病院見えっぺよ」

和子が低い家並を見おろすように佇んでいる建物を指さした。樹木の茂る道を抜け出てきたので、冬枯れの山はよく見通しがきく。丈低い灌木に覆いかくされている部分はあるものの、和子の示した道が病院への近道であるのが見てとれた。

「この道の方がいいんだ」

眉間にしわを寄せて言い張る佑子に、和子は日頃にない強い表情を見せた。

「嘘。お母ちゃんが待っててんだよ」

「こっちなら、お母ちゃんが好きなアザミが咲いてる」

「なんで冬に咲いてんの」

「……この前咲いてた」

「嘘ばっかし」

和子は苛立ったようすで佑子の前に立ちはだかった。それを見ると急に佑子も気持ちがたかぶって、

「あたしらが行かねうちは死なねえ」

と叫び返した。

和子がビクッとからだを震わせるのがわかった。佑子が注意深く避けていた言葉を使ったことで、胸の奥に閉じこめていた不安が一気に表にあらわれたようだった。無言で道を駆けおりはじめた和子の背中を見て、佑子も不安に追い立てられるように後に続いた。胸の内側でくすぶっていたものが、恐怖に似た感情に姿を変えている。溶けていく金魚を見ながら、自分が悪かったと思い続けていたことを、永遠に母には告げられないのではないか。踏み固められた小道を駆け下りながら、そんな思いが佑子の内をかすめ通った。

祈るような思いで病室へ駆け込むと、

「よかったな、きょうは早じまいで」

仕事はどうしたのか、父が笑顔を浮かべながら丸イスから立ち上がった。

「百メートルも前から来んのわかったぞ。看護師さんに怒られなかったか」

「ほんとに母ちゃんがびっくりしてたよ」

祖母までがめずらしく大声をあげた。

夫と姑に囲まれるようにして枕に頭を沈めていた母も、毛糸で編んだ帽子を深めにかぶったまま佑子たちに目を向けた。落ちくぼんではいるものの、その目が穏やかに笑っているの

を見て、佑子は安堵の気持ちが広がっていくのを感じた。

肩で息をしながら和子と並んで枕元に立つと、

「きょうはちょっと気分がいいの」

母は報告するみたいに笑ってみせてから、ゆっくり佑子の手をとった。

「お祖母ちゃんの言うことをよくきくのよ」

柔らかな声だった。佑子は自然にうなずいた。金魚の墓のこともすらりと言えそうな気がした。

あのね、と口を開きかけると、父と祖母の笑顔が目に映った。佑子は急に言葉が喉元につかえるのを感じて、口をつぐんだ。

「なあに」

「わかったって言うつもりだったんだよな」

普段はあまり喋らない父が目をのぞき込みながら言うので、佑子は母の手が離れたのをきっかけに窓の外に目を向けた。

防風林のひねこびた松の向こうに、わずかに海が広がっている。

母が今度は和子の手をとる気配がした。

「いつもいい子でなくてもいいのよ」

母のいたわるような声に、和子がみるみる涙ぐんでいくのが目の端に映った。

「なんだ、まるでお別れの言葉だな」

「ほんと、もうすぐ退院だっちゅうのに」

父と祖母の声が高く浮き立つ調子で聞こえる。和子の、退院はいつかと訊く声がそれに和した。祖母や父のわざとらしい笑顔が露出した皮膚にはりついてくるように感じて、佑子はスリッパの先でしきりに床をこすった。

と、母の手が伸びてきて眉間に触れた。ベッドの上に無理な姿勢で上体をおこしている。寝間着の合わせ目から筋張った首を伸ばして、懸命に指先を震わせている。

「顔しかめんのは癖なんだから、気にすっことねえ」

父が母のからだを支えてベッドに寝かせながら言った。

「眉間にしわを寄せてるときは、後ろ姿を見ただけでもわかるの。ぼんのくぼあたりに癇の強さがあらわれているようで、何ていうのかしら、不安になって……」

沈んだようすでぎこちなく襟元をつくろいながら、母は父と祖母を見上げた。一息おいて、

「……お願いしますね」

「娘になればまさか青筋も立てねって」

「んだ、今のうちだけだ」

佑子はすがりつくように母を見た。母は佑子の目をとらえて、

「ほんとはいい子なの、お母さん、わかってる……」

静かに二度うなずいて、手を差し伸べた。佑子がその手をとると、握り返す力がしだいに

弱くなっていった。

「なんだか変だわ」

母の声が洩れた。

「なんだか気が遠くなっていくの、だんだん見えなくなっていく……」

父があわてて枕元のボタンを押した。

どうしました、という看護師の声に答えてから、医師の足音が廊下に響くまで、それほどの時間がたったようにも思われない。

が、医師があらわれた時には、母はすでに目を閉じていた。

筒型の容器に無造作に投げ込まれた箸を手にして、佑子は顔をしかめた。
菜箸を太くしたような棒の先が白っぽく変色していたからである。手が触れる部分は手垢にまみれて黒ずんでいる。火葬炉から引き出されたばかりの骨を眺めている父の姿が目に止まった。
「脚の方からお拾いください」
係員が骨壺の置いてある台に骨を移すと、父は夢から覚めたようにぴくりとからだを震わせ、箸を持ち替えてズボンにこすりつけた。校長おっちゃんがいたわるようにその肩を支えている。

係員の手で次々と運ばれてくる骨は、焼きすぎたのか、二人で両端をはさんだだけで細かく粉を散らしてしまう。

親族までひと通り拾い終わったとき、小さな骨を手に載せて、これが喉仏です、と説明する係員の声がした。

「仏様がすわっているような形をしているところからそう呼ぶんですな。みなさん女性にはないと誤解しているようですが、これは脊椎の一番上の骨なんです」

顔をつきあわせるようにしてのぞき込んでいた親戚のひとりが、女にも喉仏があるのかと独り言めいて口にしたのを、係員は耳ざとく聞きつけたらしかった。

そのまま皆に手の上の骨を見せている係員から、父が顔をそむけるようにして下を向くのが、佑子の視界の端に映った。唇をかんでうつむいている父の目に涙がうっすらとにじんでいる。それがたちまち膨らんでいくのを見て、佑子は火葬炉の前に視線を戻した。

小指くらいの骨がいくつか台の上に残っている。

「お父ちゃん、どうしたの」

和子のかすれ声が聞こえた。父のようすが気がかりで袖でも引いたのだろう。和子を引き寄せる気配が父の声にならない声と重なって感じられる。係員をとり囲んでいた親類の視線がそんな二人に向けられたのが、かすかにざわめいていた空気が静まったことでわかった。

むせたようにいくつかの声が洩れたあと、和子のしゃくりあげる声が響いた。目頭を押さえる者の気配や、落ち着きなくよそみをする身じろぎの音が、骨を見つめている佑子の背後に伝わってきた。

隙をみて、佑子は骨のひとつに手を伸ばした。すばやくポケットにしまいこみ、しっかりその上を押さえた。布地を通してほのかなぬくみが伝わってくる。

校長おっちゃんと目が合った。おっちゃんは咎めるふうもなく、微かにうなずいて見せた。

微細な骨の粉が斜めに差し込んだ冬の陽に浮遊していた。台に残った骨片が陽に晒されている。

ふと母の視線を感じて、佑子はコンクリートの部屋を眺めまわした。


〈了〉

ゆきあいの空

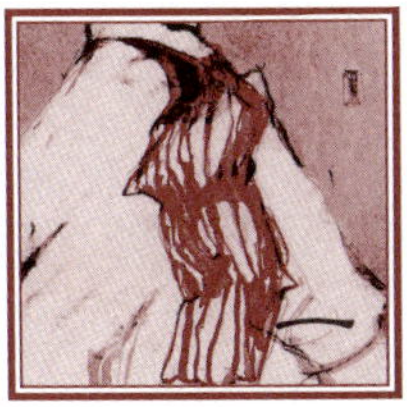

心が何かを思いつめると、意味深い特別な夢を見るというのは、どうやらほんとうのことらしい。

ずっと以前、わたしは色鮮やかな夢を見た。

広い広い砂浜。そのなかをわたしは、インディアンのような化粧をした褐色の肌の男と歩いていた。そこは未開の地らしく、わたしは現地の人間に道案内をしてもらっている。

砂は肌色の粉おしろいのようにきめ細かく、しっとりとして、風景全体がうるおいに満ちている。

そこへサーッと透明な水があらわれる。

早く渡らないと、潮が満ちて、行くことも返すこともできなくなる。

「急がなければ」

と、褐色の男が言う。

が、わたしは行くわけにはいかない。何かの手違いで、連れてきた幼い娘と離ればなれになっていたから。

そこへ、娘が別の現地人に連れられてやってくる。片方の手首から先を食いちぎられたように失くして。

青ざめてわたしは娘を見る。手首の傷跡はギザギザしていて、血と泥で汚れている。もう一度切り直さなければ、腕全体が腐って、ついには死んでしまうだろう。その痛みを思って、わたしはくずおれそうになる。

けれど、助かるために、わたしは娘に納得させなければならないと思う。お母さんがしっかり抱いているから、力をふりしぼって、がんばって耐えぬくのよ、と。そして、これから片手のない生活を送ることになるだろう娘に、それが不便なだけでけっして不幸ではないこと、そのことをしっかり教えていかなくてはならないと思う。そんな夢だ。

夢から覚めて、わたしはその数日まえには別な夢を見たことを思い出した。娘の髪が、一夜にして半白になっているのだ。わたしは四歳にして白髪になってしまった娘の頭を抱きしめて、あなたも苦労してるのね、とつぶやく。ちょっと笑ってしまうけれども。

どうやら、わたしは自分が子どもをひきまわして、人生のしょっぱなからひどいめに合わせていると思っているようなのだ。現実のわたしは、息子の直樹を父親から引き離してしまったことを、それほど憂えているとは思ってもいなかったのに。

わたしは村井さんにその夢の話をして、

「夢のなかでは娘に変わっていたけれど、あんまりリアルだったものだから、わたし、目覚めてから、思わず直樹の手をとって、本当にちぎれてないかどうか見てしまったんです。そうしたら、いついたずらしたのか、小さな爪全部に顔が描いてあって……。点みたいな目や口がズラッと並んでいて、わたし、思わず笑ってしまいました」

そのうちに、なぜか胸の奥がしこってくるような気がしたことは言わなかった。

「重要な夢ですね」

村井さんは、わたしの話に深く立ち入ることはしないで、ユングの著書に出てくるいろいろな夢の話をした。

「意味を持たない夢はないんです。問題は、その夢をどう解釈するかですね」

村井さんの手にかかると、世の垢にまみれた話は、みんな「書物の中の話」に変わった。だから、わたしは、いろいろなことを村井さんに話し、話すことで幾分かの荷物をおろしてきたように思う。

だからというわけではないけれども、わたしは村井さんと話すのが好きだったし、村井さんと一緒に仕事のできるK印刷所への出張校正が好きだった。村井さんの前に出ると、わたしは心がスッキリと澄んでいき、束の間にしろ自分が正しい人間になったような気がするのだ。

一年と少しの間、わたしは隔週の二日間、村井さんと一緒に仕事をした。小さなタウン誌の、村井さんは編集記者で、わたしはその雑誌と契約したフリーの校正者だったから。

今でもわたしは、隔週の二日間、そのタウン誌の校正に行く。だが、村井さんは、突然のように会社を辞めて、誰にも行き先を告げないままどこかへ行ってしまった。

今、わたしの手元に村井さんの名残りがあるとすれば、壁一面に貼られた花のカードばかりだ。

かすみ草とピンクの小さな花が、花と同じ艶やかなピンク色のリボンで束ねられて、小ぶりの人力車のような花車にのっているカード。

白い髪飾りをつけた金髪の少女が、大輪のダリアに頬をつけて、夢見るようなまなざしをこちらに向けているモノクロのカード。

雪の上に、春の花々と花柄のスカーフが計算されて配されたカード、カード……。

それらのカードには、特別な意味など何もない彼の日常が記されていた。

たとえば、

連休一日目の今日、ゆっくりと寝て、十時近くに目覚めました。手早く掃除、洗濯を済ませ、さてのんびりしようと、食事しながら本を読み始めたのですが、外は小春びより、暖かさに誘われるまま、散歩に出かけました。

夕焼けがとてもきれいでした。足をのばして隣町のギフトショップへ。先週、森野さんに贈るのにふさわしいステキなカードを見付けておいたのに、残念ながら今日は手に入りませんでした。かわりに選んだのがこのカードです。お気に召しましたか？

帰りにポットマムを一鉢買ってきました。明日は敬愛する作家の講演を聴きに行く予定です。

直樹くんによろしく。それでは、また。

最後に届いたカードを除いて、文末はいつも、「それでは、また」で終わっていた。

母子家庭で子どもを育てるわたしを、村井さんは激励するつもりで、次々とカードを送ってくれたのだったろう。わたしの借りていたアパートは古くて、壁がことに汚かったから、たまたま友人から贈られた花のカードを壁に貼ったところ、その一隅がぱっと明るくなったようだ、と話して以来、村井さんはその号の仕事が終了するたびに花のカードを送ってくれるようになったのだった。

わたしはそれが本物の花のように嬉しくて、その喜びが外へ跳ね出さないよう、苦労してその時々の礼状の封をしたものだ。

わたしには、花束が似合う公明正大な恋人はなくて、かわりに、一緒に暮らそうと言ったままそんなことは忘れてしまったような妻子のある男がいるばかりだったから。

「好きな人間同士が一緒に住む、それが一番正しいんだよ」

男はわたしをかきくどいて、ついに離婚させはしたが、自分の離婚はうまく運ばないようだった。

「子どもを連れてきていいんだから、勇気を出して僕のところに来てくれよ。君が来なくても僕は離婚する。君が来なければ、僕は死ぬよ」

男が涙ながらに言った言葉をわたしはまだ覚えている。男が嘘泣きをするということや、男の涙はあてにならないということを、それまでわたしは誰にも教えてもらっていなかったから、一人前の男が泣いているということにいたく感動したのだ。そのときの自分も応えなければという張りつめた気持ちを思い出すと、わたしは自分にもちょっとは良いところがあったのだと少し安心する。わたしは一点の曇りもなく男を愛していると思い、世間のそしりや別れた夫への慙愧の思いにも頭をあげて耐えようと決心した。

……わたしはまだ、「男」にとらわれているのだと思う。理性では割りきれない情のからみがこの世には確かにあるらしい。けれども、時が経つにつれて、わたしを盲目にしていた霧は少しずつ晴れ、事態の輪郭はいやおうなしに明らかになってきた。わたしは、信ずるに足りないものを何の根拠もなく信じきって、そのことを不思議にも思わなかった自分に、今さらのように驚き、今では彼に対してすっかり心が曇ってしまったと思い、そう思いながらも、きっぱりと別れる決心のつかない自分に愛想をつかしかけていた。

独り身になると、結婚していたときには想像もつかないほどあけすけな男たちの誘惑に遭うようにもなって、わたしは彼らがわたしの心の曇りをかぎつけてやってくるのだと思い、死んでしまいたいほどの屈辱を感じることもあった。

ありていに言えば、わたしは自分を立派な人間として肯定できず、すっかり自信を失って、ぺしゃんこになっていたのだ。一緒に暮らしている息子に顔向けのできない顔を、世間にどうにか取りつくろって暮らしている。それがわたしだと、ときに自分を嗤うようになっていた。

心の底では、女性をすぐに性的対象として見る男性一般を疎んじるようになっていた気もする。

自宅でひとり、校正刷を点検する仕事をしていると、ふとした気のゆるみに、なぜ彼は泣いてみせたりしたのだろう、今もまだ会いに来るのは罪の意識からなのだろうか、そんなこんな、らちの明かない思いが際限もなく広がって、わたしは堂々巡りの迷路にどこまでも落ち込んでいく気がした。

これではいけない。わたしは子どもを抱えていたから、落下に身をまかせるわけにはいかず、自衛策として、たまたま舞い込んだタウン誌の出張校正の仕事を受けた。人なかに出ること、わたしにはそれが急務に思えたのだ。

仕事の条件を取り決めるため、そのタウン誌の責任者に会ったとき、

「日本茶とコーヒーがありますが、どちらにしますか」

そうわたしに尋ね、ほど良い熱さの緑茶をいれてくれたのが編集記者の村井さんだった。すぐそばの机では若い女性が事務をとっていたから、手の空いていた彼が立ってきたのだろう。会社によっては、お茶をいれるのは女性、と決まっているようなところもあったから、わたしは男性がお茶をいれてくれたことに好感をもったことを覚えている。こんな男性もいるのだ、と少しほっとしたような気持ちだったと思う。

今になれば、それが村井さんの見識だったのだということがわかる。村井さんは、社長が街で出会った美人のコンテストを企画したとき、「女性は品物ではない」と断固反対したし、店の看板娘の紹介記事をしぶしぶ書いたときでも、女性のスリーサイズにふれるのはどうし

ても嫌だとつっぱねた。そして社会の弱者を擁護するための記事を多く書いた。仕事以外にも多くの会合に出かけていき、いくつかの社会運動や市民運動にも加わっているらしかった。強者に屈伏することと不正とを、ひどく嫌った。卑劣なものに対しては、時にハッとするほど容赦がなかった。

仕事をしていると、「あいつは融通がきかなすぎる」という村井さんに対する批判を耳にすることもあったが、村井さんの言うことはいつも正論だったから、面と向かっては誰も何も言えなかった。

ガピガピの正義漢。わたしは、そんな彼にひそかに快哉を叫んだ。わたしの「男」も含めて、周囲の融通のきく人間に、わたしは心底うんざりすることがあったから、村井さんの直線的な正義漢ぶりはほんとうに胸がすくようだったのだ。

そんなわたしの気持ちが伝わったのか、いつ頃からか村井さんは、

「仕事は単なる金稼ぎではない、と僕は思っています。仕事イコール課題の解決ですからね。人生の中で何を課題として設定するか、それが大事なんです。そう思いませんか？」

そんな話をするようになり、わたしたちは一緒に昼食をとり、そのあと印刷所近くの公園のベンチに少し離れてすわって、読んだ本や見た映画、展覧会や講演会の話をするようになった。

わたしは三十三歳で、村井さんは四十歳だったから、

「よお、中年青春コンビ！」

などと印刷所の人たちには馬鹿にされたが、まっすぐに顔をあげ、すぐ前でバレーボールなどに興じている人たちを見ながら人生や理想の話をしていると、どこか遠い空に置き忘れてきてしまったものを、わたしはまたたぐり寄せることができたような、稀有な感じにとらわれるのだった。

うすい煙がたちこめたままいつまでも澄んでいかない心が、少しずつ浄化されていく気もした。

村井さんは、会社でも印刷所でもカタブツで通っている独身主義者だったが、そのときのわたしには、そう、最後にすがる神さまのようなものだったのかも知れない。わたしはにわかに村井教の信者になり、カードを受け取るたびに、まるで懺悔のような手紙を書いた。

美しいバラのカードをありがとうございました。

今朝は、いつもと違う道を通って保育園に行きました。目当ての公園の中を歩いていくと、木の葉が色づいて、大部分が落ちているので、

「もう、冬ねえ」

と、子どもと話したことでした。

保育士さんに子どもを預け、帰りに何枚か落葉を拾って戻ると、今まで言葉を交わしたことのない近所の人が、

「まあ、きれい」

と、話しかけてきて……。

美しいものというのは、それだけで人を動かすものなのですね。けれども、そういった美しさに感動する心というのは、わたしの場合、年々弱まっているようで、そのことをふっと寂しく思いました。

何年か前までは、ほんとうに心がうちふるえるような気持ちにうたれて、海や川や木々や花を眺めたものです。朝顔の葉のかたちがあまりに端正で、それだけで、日頃の自分の醜さを悔い改めたりするというように。

俗でないものに憧れるのに、常に俗なものに打ち負かされている。自分の心は曇っているという、言うに言われぬ嫌悪感。それが、この頃のわたしの中心だったような気がします。

けれども、今、改めて、バラのカードの美しさを見て、何に、というわけではないけれども、がんばろうと考えています。

二

わたしはひとりで「純粋ごっこ」をしていたのかも知れない。あらゆる感情を含んだ多面体の自分。そのなかのほんの一部分だけを向けて、わたしは村井さんに対していた。こうありたいと思う自分。もしかした

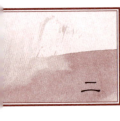

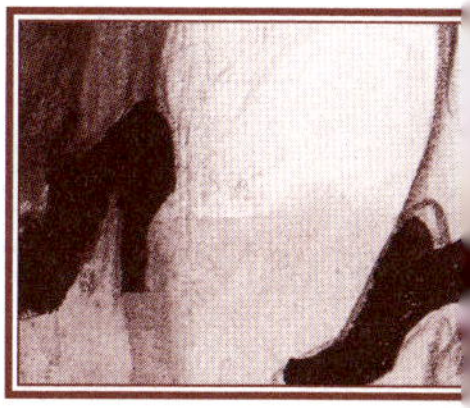

らそうありえたかも知れない自分。そんなものをわたしは無意識のうちに体現しようとしていたのだと思う。
　それは、要するに、丸ごとの自分に自信がもてないということの裏返しであったのだろうけれど、束の間にしろ、自分の内部をすっかり洗い流せるような気になれたのだ。
　今、わたしは、ドラマによく出てくる古典的な「ペンフレンドの嘘」を思い出す。彼らは自分を大金持ちだと偽ったり、似ても似つかない他人の写真を先方へ送って美男美女だと偽ったりする。幼稚な虚栄心というより、孤独な自信のなさが生んだ哀しい願望として。そして、その嘘がばれるのを、常に恐れているのだ……。
　わたしはそれまで、村井さんに対して、ひとつの嘘もつきはしなかった。けれども、決して言わないことがあるということで、結果的には一回り大きな嘘をつくことになってしまったのだろう。

　澄みきった手紙、どうもありがとうございました。

　とてもうれしく読み、そして励まされました。

　森野さんといると、僕はいつも、俗的世界にどっぷりとつかってしまっている我が身を叱咤される思いがします。

ある日、村井さんのカードにこんな一節が登場したのを見て、わたしは愕然として思わず息を呑んだ。そんな馬鹿な。これじゃあ、まるであべこべじゃない……。

わたしは、村井さんの胸中にわたしの虚像が出来上がってしまったことを知った。その像は、おそらく、不実な夫と別れて（なぜか村井さんは、夫の側に問題があってわたしが離婚したのだと思い込んでいたから）、ひとり自活しながら息子を育て、心は理想を失わない健気な女性、というところだっただろう。フリーとはいえわたしは長い間働いていたので、日々の生活費に困るということはなかったにもかかわらず、経済的に困窮していると思っているフシもあった。そして、何より、わたしの周囲には男の影など微塵もないと思っているようだったのだ。

わたしはそんな女性像を、個人的には少しふがいないと思っていたが、それでも「実像」よりは遥かにマシな、立派な人間に違いなかった。実際のわたしは、子どもの目を盗んで妻子のある男と逢い引きを繰り返す、ふしだらな女だったから。

男は以前、わたしにとって、理性的で礼儀正しい「良い友人」だった。最初に勤めた出版社の仕事で知りあったのだが、ある大学の教授にシリーズ本の監修を頼んだとき、彼はそこに助手として勤めていて、その仕事の窓口になっていた。社との連絡係のわたしが頻繁に研究室を訪ねていくうちに、年が近いこともあってだんだん親しい口をきくようになった。互いの郷里が近いことや子どもが同い年であることもわかり、奇妙にウマもあって、三年続いたそのシリーズ本が終わってからも淡い交流が続いた。交流といっても、わたしが苦手なフランス語について彼に問い合わせたり、彼が雑誌に書いた自分の論文を送ってくれたりという、そんな関係でしかなかったけれども。

それが男と女の関係になったのは、一言で言えば、わたしが蚊に刺されたからだ。そう、ブーンと飛んできて、血を吸っていくあの蚊。

日比谷図書館で調べものをしていて、偶然彼に会い、

「まあ久しぶり、生きてたの」

「ああ、美人に会って、今生きかえった」

そんな軽口をききながら一緒に帰り、隣接する公園内をぶらぶら散歩していたとき、腕の内側がチクリとした。

「あっ、刺されたみたい」

何気なく半袖から出ている腕を見ると、陽に当たらない内側の皮膚が、針の頭ほど盛り上がっている。それが見る間に、注射針で水でも注入したみたいにふくらんで、ぷっくりと腫れた。

「これからがかゆくなるのよね」

笑いながら背の高い彼を振り仰ぐと、彼がじっとわたしの腕を見ている。白い皮膚に血管がうっすらと透けて、小さなほくろがひとつ浮かんでいるそばに、蚊に刺された跡が皮膚の色そのままに柔らかくふくらんでいた。彼はそのふくらみを見ているようだった。その見方が、何か不自然だ、と思い、ふと彼を見ると、彼はわたしの目を見たまま腕をつかんで、そ

の小さな腫れを唇にもっていき、ゆっくりと吸った。

舌先がちろちろと皮膚をうった。

からだの中に、どこからともなくさざ波のようなものがわいてくるのを感じ、わたしはなぜか、吸われるままになった。腕が不自然に持ち上げられて、立っているのがつらかったにもかかわらず……。

そのときわたしは、後ろ暗さのない世界から一挙にドロップ・アウトしてしまったのだろう。ようかん玉の皮が針の先で突かれて、つるりとむき身をさらすように。

これが、わたしと彼との「はじまり」だった。

「こういうのをダブル不倫というらしいね」

彼がそう言って首をすくめたから、近頃では、それは珍しくない関係だったのかも知れないが、不倫＝ダーティーというイメージはまだわたしたちにはぬきがたかったから、さすがに胸を張れるものだとは思わなかった。第一、互いの子どもにどのように説明する？

結局わたしたちは、家庭を守るかわりに、この、蚊にくわれたほどの「二人の新たな愛」を貫こうとし………大騒動を巻き起こした。はた迷惑な。

村井さんと話していると、わたしはそれらを一時忘れることができたのだと思う。


ある寒い冬の日だった。

作業の途中でふと目を上げると、校正室のテーブルをはさんで向かい側に坐った村井さん

の顔が心なしか赤く見えた。前日まで風邪で休んでいたので、

「熱があるんじゃない？」

わたしは気になって、いつも子どもにするようにテーブル越しに手を伸ばして彼の額にさわってみた。もう片方の手を自分の額にあてて比べてみると、やはり彼の方が熱い気がする。

「ちゃんと計ってみた方がいいんじゃないかしら」

何気なく彼の顔に視線を戻すと、わたしは唖然として、しばらく言葉につまった。彼の顔が、先ほどとは比べものにならないくらい赤くなっていたのだ。

いきなり女性に触れられて、それで赤くなってしまったのだろうか。

わたしは、遥かな気持ちになった。夫が息子の直樹を抱きしめて大粒の涙を流した日のことや、男の妻が酔いつぶれて路上に倒れていたと聞かされた日のことなどが、どこか遠い見知らぬ世界での出来事のように思われたのだ。

今、村井という名の人間が生きている世界、それが「現実」なら、あれは「現実」ではなかったのではないか。なぜならわたしは今「現実に」村井さんと対しているのだから……。

もちろん、そんなはずがないのはわかっていた。けれども、わかっていないながら、そんなふうに思いたくなる日々……。

そんな日常の中で村井さんは相変わらずカードを送り続けてくれ、わたしはそれと同じ数だけの礼状を書いた。

きれいな水仙のカード、ありがとうございました。

この日曜日は、うんと気が晴れるように、上野の動物園に行きました。パンダの子どもが眠っている姿も見、モノレールにも乗って、いろいろな動物をたくさん見ました。ほんとうに、キリンはキリンらしく、ゾウはゾウらしい、と妙なところに感心しました。

不忍池にカモがたくさんいて、それがとても美しかった。水中に首を突っ込んでエサをとっている姿を見て、息子の直樹が、

「ママ、あのトリしゃん、おしりだけ出して遊んでる！」

と、はしゃいでいました。


罪のない文通。なにが、あのトリしゃん、だ。高校生の時、クラスメイトと交換日記をしたことがあるのをなぜかわたしは思い出し……何冊かのノートを学校の中庭で焼き、その灰を壺にいれて花壇に埋め……あの壺はまだ学校に埋まっているのだろうか、などと思い……。

そうこうするうちに、村井さんのカードの文面が微妙に色あいを変えてきた。

二週間ぶりの一緒の仕事、楽しい二日間でした。とくに今日のあなたはふだんにも増

してとても sexy で attractive でした。

すてきな人に便りを書くのは心ときめくものですね。今夜は久しぶりにコーヒーメーカーを使ってコーヒーをいれ、お気に入りの本など読んでいます。

それでは、また。直樹くんにもよろしく。


昼食の後、公園のベンチに坐るとき、村井さんはわたしのために、必ず一昔前の映画の青年みたいにハンカチを敷いてくれたものだ。寒そうにすると、自分の上着を着せかけてくれた。わたしはそのことに、時として声をあげて泣きたいような気持ちになることがあった。自分で自分の価値を認められないでいるわたしなのに、彼はわたしに、自分はまだ大切にされる値打ちのある人間なのかも知れないという錯覚を与えてくれる。

もしかしたら村井さんは、わたしのことを好きなのかも知れない。ふと、そんな思いがわいた。

それは、昼休み、ベンチに腰かけて村井さんと話しているとき急にわいてきたので、わたしはどぎまぎして、あわてて姿勢を正したりした。

降りそそぐ光の中で、笑いながら前方を見ている村井さんの横顔が、すぐそばにある。邪悪なものの微塵も感じられない、洗い晒されたような静かな表情。

わたしには手の届かない清澄さだ。そう思うと、わたしはたった今自分が感じたうぬぼれを恥じ、恥じながら、自分の方がどうやら村井さんを好きになってしまったらしい、と不覚をとったような気持ちになった。
そのまま黙って坐っていると、村井さんと並んでいる側の皮膚だけが、じんと痺れるように熱くなってきて、わたしは少し村井さんとの距離をあけた。自分のからだだが、片側だけオーラを発したみたいに鈍く光っているのではないか。そして、それは外から見えてしまうのではないか。そんな恐れが、比喩としてではなく身裡にあふれた。

友達と云うものはないのですか、ここでは。
肉親と親戚と隣人のほかに
その精神を愛と理解でつないだ
友達と云うものはないのですか。

詩の一節が、ふっとよぎった。わたしは黙って前方を見つめながら、

あなたは大工　私は詩人
それでよい友達にはなれないのですか。
男であり女であり
それでよい友達にはなれないのですか。
お互に温い心を抱いて

お互の成長をよろこぶ
さびしいこの世で力をあたえる
我が魂の難破をささえる――。

かつて暗唱したその詩の続きを思い出していた。おこがましくも、男と女というのはいったい何なんだろう、と思いながら。

その夜、わたしは、こんな夢を見た。
うす暗い小さな部屋。腰の高さのベッドに村井さんが寝ている。わたしは枕元に立って、村井さんの寝顔を見ている。血色の良い頬。わたしはそこに触りたくてしょうがないのだけれど、じっと我慢している。頬の丸みに掌を合わせて、そっと押しあててみたいと思う。けれども、そんなことをしたら、きっと軽蔑されるだろう。わたしはそう確信して、じっとしている。目だけで頬の丸みをたどって……。すると、村井さんが目を覚まし、わたしを見ると、ごく自然な感じで手を差し伸ばし、わたしを自分の胸に引き寄せてしまう。腕や背中にがっしりとした手の感触があり、胸に村井さんの体温が広がる。なんて暖かい心地良さだろう。からだの力をぬいて目を閉じると、村井さんは体を入れかえ、柔らかな重みをかけながら、わたしの胸を開き……。
夢から覚めると、わたしはしばらく床の中でじっとしていた。村井さんのからだの重みや熱い息、胸に触られたときの感触などが、いま実際にからだが離れたばかりみたいに生々しく残っていた。わたしは自分がとても卑しく感じられ、ついでたまらなく淋しい気持ちになった。こんな夢を見る、その同じ日常に、男からは、相変わらず電話がかかってくるのだ。いつのまにか、仕事をやりくりしてまで会おうとはしなくなっていたので、会う回数は以前より減っていたが、それでも月に一度や二度は指定の場所に出向いていた。昼下がりのカフェで本を読みながら待っている男の顔を見ると、悔しいけれど、ふわっと心の中にうれしさが生まれる。わたしは時々、自分がそうして、まだうれしさを感じるかどうか調べているのではないかと思うことがあった。

「よく来てくれたね」男は会うたびにそう言ってわたしの手に触れ、まるで心からのようにやさしくするので、わたしは彼に不信感を抱きはじめたぶんだけわがままになり、結局は、限りなく抱きとられるような、わたしそのままですっかり受け入れられるような、大きな安心感の中に漂うことになった。

もしかしたら、男は、不実に見えるほど誠実なのかも知れない、そう思うことすらあった。彼には、そんなふうに思わせる才能があったのだ。

また、また、美しいカードをありがとうございました。

今日の朝食はパンだったのですが、直樹は細かくちぎりながら食べ、

「ママ、見て！　ペンギンしゃんのかたち。片っぽの足をあげてるよ、ほら！」

などと、ゆっくり食事を楽しんでいました。忙しい朝の時間なのに、よそ見をしてミルクをこぼし、それを指先でテーブルに伸ばすので、わたしはイライラしてつい叱ろうとしました。と、テーブルにこぼれたミルクのかたちを見て、直樹は、

「ママ、ママ、ゾウしゃんのかたち！　ほら！」

などと楽しそうに言うのです。

はっ、としてしまいました。

わたしにはもう、こぼれたミルクはこぼれたミルクにしか見えないのです。

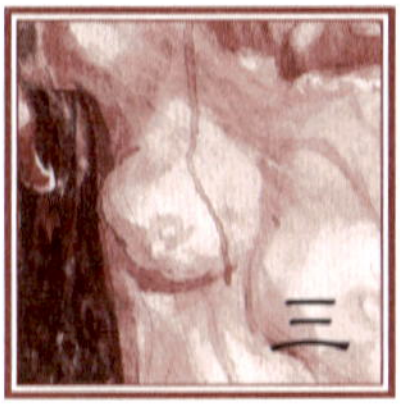

三

次の週、印刷所へ行くと、村井さんは校正室のテーブルの上に組んだ手をわずかに浮かせて、わたしを見た。

「森野さんは、少し息抜きした方がいいかも知れませんね」

それから村井さんは、わたしをクラシックの音楽会に誘った。夕刻から開かれるコンサートだった。

「わぁ、残念」

わたしは少し笑って、夜は子どもを見てくれる人がいないので、と断わった。

けれども、音楽会が日中開かれていたにしても、わたしは決して行かなかっただろう。

仕事場以外の所で村井さんに会うのは怖かったのだ。かろうじて均衡を保っている関係が、そのことによって崩れて、わたしは本来の姿で村井さんに向き合わざるをえなくなる気がした。そうなったとき、わたしはどんな姿をさらすことになるのだろう。そう思うと、わたしは彼と正面から向き合うことが、二人にとって、単なるムダ以上の何か暗いマイナスのものを引きずりだしそうな気がして、新たな関係に踏み込むことを極力避けようとする逃げの姿勢になった。

「じゃあ、今度は、昼間行けるものを捜してきましょう」

村井さんはあくまで親切だった。そして時々思い出したように、講演会や映画に誘ってくれた。それはたいてい断わる余地を残した誘い方だったので、わたしは、

「わぁ、残念」

とため息をつき、ちょうどゲラを取りに行く日なんですとか、締切が迫っている仕事があるので、とかと断わった。何度も断わっていれば、そのうち村井さんは、わたしに行く気がないことに気づくだろう。そのときに気まずくならないといいのだけれど。わたしはそのことを考えて、慎重に言葉を選んだ。

けれども、わたしの断わり方は慎重すぎたのかも知れない。村井さんは、わたしの当惑にはいっこうに気づくようすもなく、あいかわらずの親切さでさまざまなものに誘ってくれた。わたしは断わることが、だんだん苦痛になってきた。

だから、断わり続けることが不自然な感じになって、とうとう一緒に映画を見に行くこと

になったとき、わたしは緊張と恐れとでめまいがしそうになった。

——たかが映画じゃないか。映画なら、高校生の頃から何人ものボーイフレンドと見てきた。

そう自分に言いきかせていると、村井さんは、

「僕、女性と映画を見るのははじめてです」

と、事もなげに、恐ろしいことを言った。

「(えっ?)」

……彼の四十年の歴史の中で一番最初に映画を一緒に見る女性、それがわたしなのだ。わたしは月にはじめて降りたつアームストロング船長になったようで、前の晩はよく眠ることができなかった。

子どもの寝息を聞きながら、常夜灯のうす闇のなかで目を見開いていると、映画館の座席に隣り合って坐ったわたしと村井さんの顔が見えてくる。スクリーンの光に照らされて、明るくなったり暗くなったりする二人の顔。館内は暗い。ふと、村井さんの肘がわたしの腕に触れる。

「あっ、失礼」

「あら、そんなこと」

腕に電流が走る。……ああ、どうしよう。思わず寝床の中で声を出し、わたしは急に恥ずかしくなって傍らの子どもを見た。うすく口をあけて、安らかに眠っている。

わたしは子どもを抱き寄せ、肩先に鼻を押しつけて、きつく目を閉じた。柔らかな匂いと感触が、わたしをつかのま母親の位置に引き戻してくれる。が、思いはいつしか村井さんの肘の感触になり、そのたびにわたしは輾転とした。胸がきゅんと引きしぼられて、からだを折り曲げずにはいられなかったのだ。

翌日待ち合わせの書店に行くと、村井さんはいつものショルダーバッグを足元に置き、棚から抜き出したらしい本をめくっていた。

上映時間まで途中のギャラリーで写真展を見、映画の後、ワイン付きの遅い昼食をとり、駅で別れる、という清く正しいデート。あいにく映画館の中でも、他の場所でも、袖さえ擦り合わなかった。

けれども、村井さんは、仕事場とまったく変わらない態度だったから、わたしはすぐに平らかな気持ちになり、一日をとても気持ち良く過ごすことができた。飾って見せる必要はなかったし、たまたま沈黙が訪れても、あわてて話す必要もなかった。ただ幸福感だけがあった。

だが、最後にきて、その幸福は一瞬でつぶれた。

駅の改札口を出て、これから取材に行くという村井さんと別れの挨拶をしようというところに、なぜか男が現われて、

「やあ、遅くなってごめん」

と、まるで待ち合わせでもしていたみたいに声をかけてきたのだ。

わたしは、一瞬唖然として、次の瞬間には赤くなっていた。村井さんは、そんなわたしをちょっと驚いたふうに眺めたあと、何事もなかったように、

「それじゃ、ぼくはこれで失礼します。きょうはおかげで楽しかった」

と、男のことは無視して言った。

「こちらこそ、ありがとうございました。とても楽しかったです」

わたしも男を無視した。腹が立っていたのだ。男は、村井さんが背を向けて歩きだしてから まだ三メートルも離れていないうちに、わたしの肩に手を置き、村井さんとは反対方向に歩きだそうとした。

「どういうつもり？　いつもは肩なんて抱かないのに」

「話があるんだ」

「時間がないの。直樹を保育園に迎えに行く時間だわ」

「大事な話なんだ」

「それなら、後で電話して」

わたしは、男の手を振り払って、かまわず歩きだした。と、男はしっかりとわたしの肘をつかんで離さず、

「仕事って、あの男のことだったのか」

と、押し殺したような低い声で言った。

「えっ？」

怒りがふいにとがって、わたしは彼をにらみつけた。そんなことを言う権利があなたにあるの。反駁の月並な科白が思い浮かんだが、口にするのは嫌で黙っていた。

「さよなら」

歩きだそうとすると、男は、

「悪かった。ずっと待ってたんだ。男と一緒のところを見て、つい気が立った」

まるで哀願するような顔をした。君が出て来てくれないなら僕は死ぬよ。そう言って泣いた、あの時の顔だ。わたしはふいに意地悪な気持ちになって、

「プロポーズの言葉なら、もっとゆったりとした気分の時に聞きたいわ」

言ってはならない言葉を吐いた。

「女房が判を押すと言ってるんだ。後は条件を決めるだけだ。待たせて済まなかった。それが言いたくてね。ずっと待ってた」

「……」

先日は、映画を付き合って下さいまして、ありがとうございました。

なにしろ、女性と一緒に見るなどということは、初めての体験

でしたので、いかなる格好で何を話すべきかと、いささか緊張して出かけたのですが、生来の不精者ゆえ、結局は地のままということになり、ただただ、ワクワクとした楽しい一日を過ごさせていただきました。

すぐに手紙を書こうとは思っていたのですが、柄にもなくカッコイイ便りにしようなどと考えたため、とうとう三日も経ってしまいました。

ところで、あなたの誕生日はいつだったでしょうか。前に一度教えていただいたのに、正確な日にちを忘れてしまいました（すいません）。確か今月だったように記憶しているのですが。

そのバースデイを口実に、昼食に、あなたが前に一度は食べてみたいと言っていたフランス料理のフルコースを御馳走したいのですが、いかがでしょうか（もちろん、ぼくも初めてです）。まったく日がズレていたら、また新たに口実を考えます。

良い返事を期待しています。それでは、また。


小さなバラの花が型押しされて、楕円形の窓枠をつくったカードだった。その窓の中に、やわらかく彩色されたピンクのバラが咲いている。花の上の方には、クリーム色の小さな蝶が舞っている。村井さんはスタートした。わたしはカードの絵柄を見ながら、漠然とそう感じた。彼は次の段階へスタートした、と。

わたしはどんな返事を書けばいいのだろう。カードを手にしたまま、わたしは仕事机の前で長いこと考え続けた。

村井さんとの、今の友情を失いたくはなかった。けれども、心の底へ降りていくと、わたしは村井さんが、たとえばわたしの現実を「現実」として正確に受け止めることができるかどうか、危ぶんでいるのだった。彼はわたしより年上で、博識で、わたしの知らないことをほんとうにたくさん知ってはいたが、生身のからだが濁ったものを一切受けつけないと思わせるところのある人だったのだ。ほんとうにそうかどうかは知らない。けれども、そう思わせる彼に、わたしは奥深いところで畏れを感じた。

もし、わたしが食事の誘いに応じたら、彼はわたしもスタートしたと思うだろう。そして、たとえ今回はうまく断わることができたにしても、次は別のものに誘ってくるに違いない。このままの状態を続けて知らんふりをすることは、もうできそうになかった。

……男と会っているのに夫に隠し通したまま生活するのは、そら恐ろしいことだと感じた。男が泣いているのなら、その気持ちに応えなければ、と思った。友人たちは、「大人の関係にしておけば良かったのよ」と呆れたような顔をしたけれど、それがその時のわたしの感じ方だった以上、わたしは他にどうすることもできなかった、と思う。今回もわたしはまちがうのかも知れない。けれども……。

美しいカード、ありがとうございました。

あの日は、わたしもとても楽しかったです。「村井さんがはじめて一緒に映画を見る女性」という名誉ある役を与えられて、わたしもいささか緊張していたのですが、やはり「子持ちの出戻り」ではデートらしい盛り上がりに欠けたようで、役不足だったと反省しています。今回の練習の成果を生かして、本番、がんばって下さい。陰ながら応援しています。

さて、誕生日のお食事のご招待の件。残念なことに、わたしの誕生日はもう過ぎてしまっているのです。せっかくフランス料理にありつけるチャンスだったのに、と今、歯がみして悔しがっているのですが、もしかしたら村井さんは、過ぎたことを知っていて招待したのでは？　という疑惑もモクモクとわいてきて……。

ま、冗談はさておき、あの日はほんとうにありがとうございました。独身最後の良い思い出になりそうです。あの日、駅で会った男の人が、今度結婚する相手です。

一度失敗している身なので、うまくいくかどうか心配なのですが、がんばってみようと思っています。

それでは、また。

二日後、村井さんから返事がきた。群青の空をバックに、左右から枝を伸ばした萩が蝶のかたちの紅紫色の花を枝いっぱいに咲かせているカードだった。空には白い雲があるのに、青空ではない。暮れ方なのか、夜明けなのか、とにかく暗い空だった。わたしはカードを裏返して、短い文面を読んだ。

もうすぐ、萩の花咲く季節となります。
明日は久しぶりに月食が見られそうです。
これまで楽しい時をありがとうございました。
それではお元気で。さようなら。

表に返し、またわたしは萩の花を見た。このカードを、村井さんはどんな気持ちで選んだのだろう。わたしは、畳の上をごろごろごろごろ転がり続けた。胸全体が苦しくて、エビみたいに身をこごめていないと、耐えられそうになかったのだ。以前、わたしが手紙の最後に「さようなら」と書いたとき、「さようなら」は訣別の言葉だから僕は手紙の最後には使わないんです、そう言った村井さんの声がどこからか聞こえてくる気がした。

「さようなら」のカード、受け取りました。
失礼な手紙だったのだな、と悔みました。
どうか、がさつな神経を、お許しください。
わたしにとって、この一年で一番良かったことは、あなたに会えたことでした。
あなたのように生きている人がいることを知って、わたしはとてもうれしかった。

人も自分もすべて嫌になっていたのです。あなたに会って、わたしは救われたような気がしました。

沈み込んでいた日々、わたしを支えていたのは、わたしは母親なのだからしっかりしなくてはならないという自覚だけでした。母親なのだから、せめて食卓を整え、当たり前の生活らしく日々の家事と仕事をこなしていこう。それが、わたしが「自分」から逸脱するのをかろうじて防いでくれていたことだったような気がしています。

でも、もう大丈夫。あなたは、わたしに、人間を信じる力をつけて下さいました。

ほんとうに、ありがとうございます。

もう何日かすれば、わたしたちは印刷所で顔を合わせます。そのとき、ふだんの笑顔で仕事ができますように。今は、それだけを願っています。

さようなら。

わたしは速達でこの手紙を出した。と、跳ね返るように、村井さんからやはり速達の返事が来た。カードではなく、何の飾りもない白い封書で。

前略

速達をいただき、恐縮しております。

映画を見に行った日の言動が、あなたに要らぬ気遣いをさせてしまったようで、まことに申し訳ありませんでした。

訣別の手紙の後に、また便りを出すことは、これまでなかったことですが、まあ、これだけは例外です。

少しだけ弁明させていただこうと思い、まったく雄々しくないことながら、ペンをとりました。

お別れのカードは、その日あなたから届いた手紙にまともに応えようとしたもので、残念ではありましたが、内容は適切だったと思っています。

残念というのは、常識をわきまえない者とみなされていたことを気付かずにいた自分の愚かさに対する自嘲です。

あなたの私事に干渉したことはなかったと思っておりましたから、なぜああいう形で結婚のことを書いてきたのだろうかとたいへん戸惑いました。

それでも、このところ映画に付き合っていただいたり、食事に誘ったりしたことが、あなたに無用な心配を起こさせてしまったのだろうと判断しました。

物心ついた時より恋愛や結婚とは無縁の人生を自覚した身であり、あなたにもこのことは申し上げてありましたから、友人としての範囲をはみ出すことはないことを、わかってもらっていたと思っていました。

しかし現実に、あなたにそのような杞憂を与えてしまったわけで、手紙を書くのも、食事の誘いも、みな下心をもった行為と受け取られていたのかと、みじめな気持ちに陥りました。

それで残念でしたが、ともかく、今後はそういう誤解を与えることはしませんと返事した次第です。

用事もなく、とりとめない便りにすぎませんでしたが、あなたに手紙を書くのはとても楽しいことでしたから、ついついはしゃぎ過ぎて有頂点にもなり、一線を越える不安を与えてしまったのかも知れません。不徳のいたす所と反省しています。

一年余り、とてもすてきな人と友人づきあいをさせていただいたことに深く感謝しています。

心身ともに健康で新鮮な日々をお過ごし下さい。

敬具

わたしは長いこと村井さんの手紙を手にしたまま、うなだれていた。

彼の誇りを著しく傷つけてしまったのだ、と思った。かつて夫の誇りを、ズタズタに切り裂いたように。

「拝啓」

わたしは、男の人みたいに固い書き出しで、村井さんにむかって書きはじめた。


率直に気持ちを語らず、気づかないふりをして擦り抜けようとしたわたしの手紙に、正面から答えて下さって、ありがとうございました。いろいろなことを思いました。まずは、わたしの卑怯、あなたの誠実。人間の格の違いにうなだれる思いです。

ずっと以前、わたしは夢を見ました。

あなたの寝ている枕元に立って、あなたの頬に触れたいと思い、けれど我慢してじっと立っているという夢です。

その同じ夢を繰り返し見るうちに、わたしはさすがに自分の気持ちに気づかずにはいられませんでした。あなたと話していると、ふいにあなたの胸に顔をうずめたくなる。わたしはそういう衝動をもった女です。

わたしには、三年越しの愛人がいます。恋人と書かなかった意味を、お察しいただけたらと思います。あなたに触れたいと思いながら、わたしはその人にも確実にとらわれている。そんな自分を肯定できないまま結婚するということはどういうことか。それを考えないわけではありませんが、わたしはとりあえず、その人と一緒に暮らそうと決めました。あの、映画を見た日のことです。

決心したからには、あなたに黙ったまま今の友人関係を続けるわけにはいかないと思いました。わたしたちは「友人」に過ぎなかったけれど、それでも男と女で、現にわたしは強烈にあなたに男性を感じていました。

万一、あなたがわたしを好きだったとしたら、黙っているということはとてつもない裏切りではないか、そう思ったのです。

それがうぬぼれに過ぎなかったこと、お手紙を読んで、よくわかりました。

ほんとうに、ごめんなさい。恥ずかしく思っています。

深く、深く、お詫び致します。

かしこ

投函してから三日が過ぎた。

明日は村井さんとの印刷所での仕事、という日だった。仕事に区切りをつけ、子どもを保育園に迎えに行こうとして玄関の狭い沓脱ぎに立つと、ドアに取り付けられた郵便受けに白い角封筒が入っているのが見えた。宛名と差出人名はきちんと記入されていたが、切手は貼られていない。

村井さんはここに来たのだ。

わたしは動悸を押えながら、あわててドアを開けて外を見た。どこからか村井さんが見ているような気もしたが、外には午後遅い空気が広がっているばかりで、人影ひとつない。

封を切ると、緑の草原に、何の木なのだろう、白い藤のような花をたくさんつけた大きな木が一本、青空を背景にまっすぐ立っているカードと、真紅のバラが花の部分だけアップになって、涙のような露にぬれているカードが出て来た。

文字が記されているのは、バラのカードだけで、木のカードには何も記されていない。

夏の盛りも過ぎ、きのう、きょうと爽やかな青空が広がりました。

開け放った窓から涼やかな風が入ってきます。

手紙、どうもありがとうございました。

とてもうれしい気持ちと、自分をいさめる気持ち、そして苦しい気持ちが混淆しています。

「万一」でなく、あなたがとても好きでした。

正直に言えば、あなたの指に触れたり、肩を抱いてみたいと思ったりしたことも何度もあります。しかし、半袖姿のあなたの脇毛を盗み見てしまったとき、思わずそそられてしまったことがある身ですから、一度、あなたの髪に触れたり、肩を抱いたりしたら、次第にエスカレートしてしまうと思いました。

あなたには、男というものに脅えているような雰囲気があった。

きっと、傷を受けた部分があるのだろうと、僕はあなたを見守りたい思いでした。

無責任なことはしたくありませんでした。

それは、きっと間違いではなかった、と思っています。

今度こそ、幸せになって下さい。

さようなら。


見ている文字がゆらゆらと揺れた。カードを手にしたまま、わたしはしばらくじっとしていた。

仕方がない。わたしは、そう思うことを覚えた。

ゆっくり歩き、保育園の門をくぐるとき、首を振って、頭の中をからっぽにした。階段を上がり、二階の息子のクラスをのぞくと、入口付近の床に坐り込んで色とりどりのブロックで遊んでいた園児のひとりが、

「ナオくーん、お迎えだよー」

と、元気いっぱいの声で直樹を呼んでくれた。奥の机で嵌め絵パズルをして遊んでいた直樹が、ふっくらした頬の顔をあげ、わたしの姿を認めて満面に喜びの表情を浮かべた。わたしはふいに胸が熱くなり、あわてて顔を伏せた。心を静めて目を上げると、直樹は手足をつっぱらせて立ち上がり、おどけた表情で歩いてくる。母親がしみじみとした気持ちで見つめているのがわかるのか、テレくさそうに見える。

先生に挨拶をし、外へ出ると、初秋のさわやかな風がわたしと直樹をなでて通り過ぎた。

「公園の中を通っていこうか」

小さな手を握りしめると、直樹はピョンピョンと飛び跳ね、弾みながら歩きはじめた。まるでゴムまりをついているみたい。わたしはふっと笑い、そのことに限りなくなぐさめられていくのを感じた。

「あっ」

直樹が急に声をあげ、

「見て、見て。龍の雲」

大空をまっすぐに指差した。

見上げると、夏の風と秋の風が同居するゆきあいの空に、バケツの水をまき散らしたようなうろこ雲が、一面に広がっているのだった。

「きれいねぇ」

わたしは子どもと空を見上げながら、なぜ、自分は、村井さんへの手紙に二度も「結婚する」などと書いてしまったのだろう、と思った。男のプロポーズを、わたしはわたしなりに考えぬいて、翌日にははっきりと断わっていたのに。

わたしはまだ男を忘れたわけではなかった。

けれども、彼と結婚することを考えたとき、わたしは、いつか見た広い砂浜の夢の、片手をなくした女の子の顔が、いつか写真で見た男の娘の顔であることに気づいたのだ。

なぜ夢の中では息子でなく娘だったのか、わたしは、水面下で抱き続けてきた謎がはじめて解けたように思った。

もしかしたら、無意識というのは、浅はかな意識よりもずっとずっと賢いものなのかも知れない。手紙の返事に困って、思わず「結婚する」と書いたことにも、自分では知らない深い無意識が働いていたのかも知れない。

「すごいなあ」

初めて見るのだろうか、大きく目を見開いたまま、一面のうろこ雲に圧倒されている息子の背の高さにかがんで、わたしはまた空を見上げた。

見事なうろこ雲が、天の川のように青空を渡っている。

人のすることは、とわたしはふっと思った。この自然にくらべたら、きっとずっとずっと小さい……。

そして、苦しいとき、いつも自分を救ってくれたのは、この、何の力も持たない子どもだった。そう気づいて、わたしははじめてのように直樹の顔に見入った。


〈了〉

作中の詩は、思潮社『永瀬清子詩集』「村にて」より引用しました。

アジー祖母さん

日本というのは小さな国だ、とずっと思ってきた。

　わたしの机の上には、古い大きな地球儀があって、校正刷を点検する仕事に疲れると、わたしはよくそれをくるくる回す。行ったことのない国ばかり……。しばらくでこぼこした表面を眺めてから、かすかなため息をつき、最後には、たいてい母国である日本の細長い国土を眺める。どうしてなのかはわからない。わからないけれども、きっとそうして自分の存在場所を確かめているのだろう。確認が済むと、わたしはいつも、ふむと一声呟いて仕事に戻る。「ふむ」には、その時々でいろいろな意味合いがあったけれども、「小さいなぁ」がいつでもその中心にはあった気がする。

　こんなせまい所でいったいたい自分は何をしているのだろう。日本の姿を眺めていると、そんなぼやきのヴァリエーションが、からだの底からふつふつとたちのぼってくるのだ。

　けれども、どうして、なかなか日本は広い。

　わたしは、緑一色の窓外の光景を眺めながら、急ににじみ出てきた額の汗をぬぐって、薄手の服を持ってこなかったことを後悔しはじめていた。

膝の上で寝ている、もうじき二歳になる娘の上着を脱がせていると、

「島は暑いでしょう。今日は特に暑くてね」

空港まで出迎えてくれた源叔父が、ルーム・ミラー越しにわたしと息子の高志を見て、気の毒そうに声をかけた。

「ええ、真夏のようでびっくりしました。まるでタイム・マシンに乗って来たみたいで……」

「タイム・マシン?」

「一瞬のうちに季節をさかのぼってしまったような、不思議な感じなんです。今朝、家を出たときは、庭に霜がおりていたし、風景そのものが冬枯れで、街に色というものが感じられなかったから……」

わたしは戸惑ったまま答えた。夫と姑の故郷であるこの島・沖永良部島にやって来るのははじめてではなかったから、冬でも気温が高いことは充分承知しているつもりだったのに、いきなり緑鮮やかな光景に放り出されると、まるで浦島太郎にでもなったような気分なのだ。

フロント・ガラス越しに前方を見ると、ハイビスカスの赤い花がガードレールのように続いている道を、夫と姑を乗せたもう一人の親戚・守小父の車がのろのろと走っている。その車を追って、源叔父はのんびりとハンドルを操作しながら、

「枝里子さんは島は久しぶりでしょう。何年ぶりになる？」

と、目は前に向けたまま訊いた。

「この子が一歳になったばかりでしたから……」

わたしは、傍らの高志の背中に手を当てて、ほんの少しの間考えてから、

「もう十年になるんですね……」

と、最後は独り言めいた口調になった。

はじめての曾孫である高志の顔を、夫の祖父母に見せるために帰島したのが、わたしが島を訪れた最後だった。その十年のうちに祖父は亡くなり、アジと呼んでいる九十二歳の祖母・千代が残って、今わたしの膝のうえで眠っている新たな曾孫・千枝を、一目見ようと待ちうけている。

源叔父は、半開きだった運転席の窓を全開にしながら、

「あんたたちが来るっていうんで、アジは何日も前からそわそわしてねぇ。夜も眠れんらしくて、あんたたちのために何かを思いつくと、夜中にも電話をかけてきて……。今朝も朝早くから、いくら着くのは午後だって言っても、早く空港へ迎えに行け、迎えに行け、って。それはそれは楽しみにしとるのよ」

と、しみじみとした口調で言った。

「ぼくも、楽しみにしてたよ」

それまで窓の外を熱心に見ていた高志が、いきなりはしゃいだ声をあげた。

「この前来た時、ぼく、庭の木の下に、宝物を埋めといたんだ」

高志が、前回夫と姑と共に帰島したのは、正月に開かれたアジの米寿を祝う会に出席するためだった。年末の飛行機の切符は三枚しか取れず、わたしは一人家に残って年を越した。

「高志ちゃんは、前に来たときのこと覚えとるの？」

「うん、覚えてる。アジが面白い靴下はいてたこととか……。親指と他の指のところが分かれてるんだ」

「それは、足袋でしょう」

わたしが赤面して言うと、

「チョー（超）、やだ。ぼくだって、足袋ぐらい知ってるよ。白いヤツでしょ」

高志は少し憤慨したようすでわたしを見た。

「色のついた足袋もありまーす」

わたしが、なお疑っていると、

「そういう靴下、あるよねえ、高志ちゃん」

源叔父は喉の奥で気持ち良さそうに笑って、

「高志ちゃんがこんなに大きくなったのを見たら、アジ、喜ぶよぉ。千枝ちゃんの顔もはじめて見られるし……。ほら、もう少しで着くよ」

と、石垣の間の小道に車を進めた。

観光用に整備された道路とはうってかわって、でこぼことした赤土の道だ。ガジュマルの頑固そうにくねった幹や、柔らかそうな大きいバナナの葉、四方八方に硬い葉を噴き上げたソテツなどが、何種類ものツタをからめ、鬱蒼と茂って、ジャングルのように野性味豊かな空気を放っている。

島の空気を吸うと、わたしは個人としての「わたし」を失って、古くから続く家系図の一点になってしまう。

ふっと、そんなふうに思ったとき、車は、夫の生家に着いた。

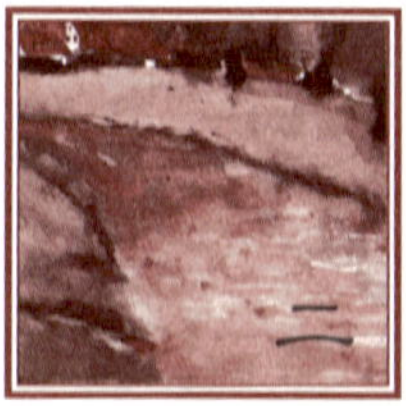

二

座敷に入ると、アジは何度も頷くようにして、水のような涙をサラサラとあふれさせた。島の強い日差しにさらされた歳月の深さが、しわの深さになって、ほとんど暴力的といっていいほど顔中に刻まれている。

「よう来たねえ」

アジは、手拭いですばやく涙を拭って、高志と、わたしの腕に抱かれている千枝を、ほんの少し後ろに身を引くようにして眺め、高志の、ついで千枝の、小さな若い腕にそっとさわった。

黒の混じっていた髪が、白一色に変わって、瞳に少し濁りが出ていたが、話し声といい、全体の感じといい、十年前とほとんど変わっていない。千枝を怖がらせたらしい深いしわも、威厳とやわらかみがあって、十年前と同じく、わたしに「なつかしい人」という言葉を思い起こさせた。

首筋にしがみついてくる千枝の顔をアジによく見えるようにしながら、

「しばらくでした」

わたしが挨拶すると、アジは、

「よかったねぇ、二人めが生まれて。男と女と、もう二人産まなきゃあダメよ。子どもは四人いなきゃあダメ。もう二人産みなさいねぇ」

と、はやくもわたしを家系図の点にして、熱心に言った。二人の息子を亡くし、娘がひとり残るだけのアジにとって、子どもの数は、ぜひ言っておかなければならない重要な問題らしかった。

「はあ」

二人目でさえ高齢出産だったわたしが、曖昧な声をだしていると、

「ほら、お母さん、これでも足袋?」

高志がわたしの袖を引いて、空いた方の手でアジの足元を指差した。

見ると、ほんとうに、指先がふたつに分かれた靴下をはいている。

「ね」と高志。

「ほんとだ」とわたし。

高志は、やっと気持ちがおさまったとでもいうような、うれし気な顔をしてわたしを見た。

「高志ちゃんの勝ちだね」

うしろに立っていた源叔父が、急に笑って、

「この前来たとき、高志ちゃんはアジの靴下を覚えとって、それを枝里子さんは、足袋だろうって言っとったのよ」

と、車中でのやりとりからはじめて、周囲にわたしと高志の会話の意味を説明した。座敷には、先に到着していた夫と姑の他に、空港まで出迎えてくれた守小父と、源叔父の連れ合いであるアジの娘・文子叔母がいて、座卓を囲んで、アジと子どもたちとの対面を見守っていたからだ。

「内地には、こういう靴下はないのネ」

アジが不思議そうな顔をして、だれにともなく呟くと、

「アティムターガハチュヨー」（あっても誰がはくかね）

姑の克子が早口の島言葉で何かを言い、皆がどっと笑い声をあげた。

「何て言ったの？」

高志がすぐそばのわたしに訊いてきたが、だいぶ聞き慣れたとはいえ、内地人《やまとんちゅ》のわたしに、咄嗟の島言葉がわかるはずもなかった。

小学校低学年まで島で育った夫の哲郎でさえ、意味を解することはできても、話すことはできないのだった。

「変な言葉。ゼーンゼンわかんない。おばあちゃん、今、何て言ったの？」

無邪気に訊く高志に、わたしは、新婚旅行ではじめて島を訪れた際、祝いの席にいた婦人のひとりに、

「内地娘《やまとぐわ》の言葉《むに》は綺麗《ちゅらさ》あてぃ、我達《わちゃ》には良《ゆ》う話さらんや」（内地の娘さんの言葉は綺麗すぎて、わたしたちにはうまいこと話せないね）

そう島言葉で言われ、あとで意味を知って嫌な気がしたことを思い出した。

いったん飛び込んでしまえば人情味あふれる温かいところの多い人たちだったが、島人《しまんちゅ》には、気心の知れた者だけで周囲を固めようとするふうが根強く残っていて、言葉の違う内地の人間には得体の知れないところがあると思い込んでいるふしがあるのだった。人口が二万に満たない、周囲約四十キロメートルの小さな島だった。夫の哲郎も、幼いときからずっと島の娘と結婚するように言われ続けていたと聞く。そんな経緯もあって、帰島するたび、島言葉の渦のなかに取り残されるように感じることがあったわたしは、

――そうか、今度は仲間がいるんだ。

と、高志みたいな子どもを恃みにしている自分に気づいておかしかった。

「さ、田舎料理だけど、あがって」

文子叔母が、丸顔に笑みをたたえて座布団をすすめてくれたのを機に、わたしは子どもたちを連れて、遅ればせながら、神棚の前に坐った。

座敷の奥には、わたしの知るかぎり、どの家にも大きな神棚と床の間があって、長押の上から額に入った遺影がこちらを見下ろしている。その家に入ったら、まず死者である祖先に

挨拶するのが島の慣習で、だれもが自然にそうしているのを、長男の嫁であるわたしは神妙に真似するというわけだった。神棚には、到着してすぐ夫と姑が供えたのだろう、短い灰を載せた線香が、まっすぐに白煙を立ちのぼらせている。

畳に正座した高志の横に千枝を下ろして、線香に火をつけていると、

「ママ、何てんのぉ」

言葉が出はじめた時期の千枝が、島での記念すべき第一声を放った。幼児特有の甘やかな抑揚の声に、

「あらぁ、しゃべったぁ」

子どものいない叔母は、明るい驚きの声をあげ、珍しい好ましい動物でも見るように千枝を見た。

日頃、妹がひとを喜ばせると、それを自分の手柄のように思うらしい高志が、さらに千枝にしゃべらせようと、

「千枝ちゃん、これはなあに」

あたりに特有の香を放っている線香を指差した。

「おしぇんこー」

千枝が舌足らずに言って、日頃家でしているように、ぷくぷくした両手を合わせると、

「お利口だことぉ」

叔母はやわらかな笑顔で、千枝に「抱っこ」と、手を差しのべた。

千枝は、一瞬棒立ちになってじっと叔母の顔を見ていたが、やがて糸でするすると手繰られでもしたように、すっと叔母の手に抱き取られた。

「まあ、この子は、親戚だってわかってるよ。イチムハチューニダカランドヤ」（いつもは誰にも抱かれないのに）

久しぶりの生まれ故郷で、島言葉を存分に使いたいのか、姑が跳ねるような言葉で何かを付け加えると、

「ハロジワワカインドヤー」（親戚だってわかるんだろうか）

「チュラムニチュティカヤ」（顔が似てるからかね）

わたしにはわからない会話が瞬時に飛び交い、皆の目が叔母の腕のなかの千枝に集中した。

「ほんとうに普段は人見知りするんですよ」

いつもは無口な夫が、わたしと高志に話の流れがわかるように穏やかな声で言った。

確かに、見知らぬ人にすぐに抱かれることなどなかった千枝が、叔母にはすんなり抱かれたことが、わたしにも不思議だった。

高志とふたり、夫や叔母に似た面差しのある遺影に見下ろされているせいか、神棚の前で合掌しながら、わたしは、ふと、

「血かしら」

などと思い、自分がいつのまにか、日頃うっとうしく思っている家系図的認識をしている

ことに苦笑した。

座卓には、大ぶりに切った根菜と骨付きの豚肉を長時間煮込んだ甘辛い煮物、ヒブシミと呼ばれる肉厚のイカの刺身、細く裂いた鳥のささ身が入ったソテツの甘味噌など、なじみの島料理がいっぱいに並んでいた。

すすめられるままに座布団に坐って、居並ぶ人たちの顔を見回すと、アジの姿がいつのまにか消えている。べっこう色に光るパパイアの漬けものを小皿に取り分けている叔母に、

「アジがぜんぜん変わらないのでびっくりしました」

わたしが吸い物の椀を手にして言うと、

「ほんとに、ちっとも年をとらないじゃない。ウチなんかよりずっと元気そうで、とても九十二とは思えないわ」

姑が後を引き取るように付け加えた。

「ほんとに変わりませんね」

夫も、アジのかくしゃくとした姿を誉めた。

長く島の郵便局長を務め、今は退職して悠々自適の生活をしている源叔父が、

「いやあ、同じことを何度も何度も言うようになってねぇ。今までの、切れ者で通っていたアジではなくなっているよ。あんたたちにも同じことを何度も言うと思うけど、年寄りのことだから辛抱して聞いてやってなあ」

と、独特な感じのする内地言葉で、

「でも、島の同じ年頃の人たちに比べたら、足も丈夫だし、まだまだ頭もしっかりしていてね。自分のことは何でも自分でできるし、愚痴はこぼさないし、立派な年寄りだよ。もう年なんだから、こちらに来て一緒に暮らしてくれって言っても、まだ、まだ、あんたたちの世話にはならんち言うて……。たまに遊びに来てくれても、夜には自分の家に帰るって言って、この叔父さんの家には、まだ一遍も泊ってくれんのよ。だけど、いくら気丈でも、ずっと一人だと、やっぱり淋しくてねぇ。たまらんようになるらしいの。だから、三、四日に一度は、夜、この叔母さんがここに泊るようにしとるのよ。そういう淋しい暮らしだからねぇ、あんたたちが来るっていうのが、アジにはうれしくて、うれしくて。ほんとに、何日も前からそわそわして、一生懸命で、こっちの方がなんだか切なくなるほどだったよ」

と、最後は叔母の方を見た。

「ほんとに、毎日、毎日、何遍も何遍も電話をかけてきてねぇ。大騒ぎだった。やれ、あそこを掃除しろ、夜具の用意はできてるかって、呼びつけてはこき使ってねぇ。おかげで、この家はきれいになったけど、叔母ちゃんの家は掃除もできんで、すごくきたないの。あとで遊びに来て、びっくりせんでねぇ」

叔母が笑った。

すると、それまで一言も口をきかなかった守小父が、

「千代アジは、伊集院の家はどうなるのかって、いつもそればかり心配しとるのよ」

と、ぼそりと言った。

ふっと、部屋に沈黙が生じた。

「伊集院の家は、これからは東京で、立派に繁栄していくのよ」

源叔父がとりなすように言ったが、一度生まれた気まずい空気は消えなかった。

島では、まだまだ、家は代々長男が継ぐべきものなのだった。アジの長男である夫の父が死に、他に男子がいない以上、長男の子である夫が家を継ぎアジを看るのが、島の常識だった。それをせず、内地でのうのうと自分たちだけの生活をしているわたしたち一家は、島人から見れば、非常識な、人非人の一家ということになるのだろう。

「健志が死じすぐどあたるや、父《あちゃ》が死じゃしは？」（健志が死んですぐじゃなかったかね、お父さんが死んだのは）

守小父が、神棚の方を見て夫に言った。

神棚の上の壁には、年寄りの写真に混じって、夫の父とその弟・健志のまだ若い写真が掛けてある。二人とも、わたしが夫と知り合うずっと以前に亡くなっていたから、詳しいことは知る由もないが、健志叔父は酔ったうえでの喧嘩で人に刺され、夫の父は、やはり酔って深夜の海に落ちて死んだと聞く。いずれは島に帰って家を継ぐ者でも、親が元気で畑仕事のできるうちは、内地の暮らしに対する憧れも手伝って、内地で働くことが多いのだという。

二人ともの、内地人《やまとんちゅ》の間でのただならぬ死に、アジは、

「内地は人を殺す土地だ」

と洩らしたというが、息子二人の死を耐えたそのみごとさを、他の親戚筋の人から聞いた

ことがある。

守小父の問いに、

「健志叔父が逝って、半年になるかならないかでした。もう、二十年になります」

夫がそう答えると、

「哲郎が大学に受かったから、どこかに下宿させて、自分たちは島に戻るつもりだって言っていた矢先だったのにねぇ」

叔母がため息をついて、

「ついこの間のような気がするのに、あれからもう二十年ねぇ……」

と、感慨深げな声を出した。

その二十年は、哲郎にすれば、周囲から母親と祖父母はおまえが看るのだぞと言われ続けた二十年であり、姑にすれば、半人前の息子を抱えて夫に先立たれ、生活に汲々としなければならなかった二十年だった。

夫を亡くした姑は島には帰らず、パートで近くの工場に働きに出、哲郎はアルバイトをしながら六年かかって東京の大学を出た。

わたしが哲郎と知り合ったのは、その学生時代のことだ。

結婚と同時に、まだ四十代だった若い姑と同居するというわたしに、友人たちは、

「うっそぉ、信じられない」

と不気味なものでも見るような眼差しで言ったが、そう言われたわたしが、いずれは島に

いる祖父母の面倒もみなければならない、と夫に告げられたときは、さすがに、

「うっそぉ」

と、思ったものだ。

両親の仲の良い核家族で、何の軋轢も経験することなく育ったわたしは、まだ若くて、他人と暮らすということがどういうことであるのか、ましてや母と一人息子の濃密な暮らしのなかに突然若い女が入っていくということがどういうことであるのか、実際には何も知らなかった。お義母さんを一人にするのはかわいそう。単純にそう思って、むしろ自分からすんで姑との同居を選んだ。祖父母に関しては、

「どちらか片方になったら、ウチが島に戻って面倒みるよ」

その姑の言葉を、疑いもしなかった。

結婚後十余年が経って、わたしも、ようやく、世の中には本音と建前というものがあるということ、家族の一人一人が、同じ家のなかで、ああ思いこう思い、もつれ合ったりしこりを残したりしながら、それでもどうにか暮らし続けていくということがどういうことであるのか、そんな事々がわかりかけてきた。けれども、というのか、だから、というのか、時に、全部を放り投げてどこか遠くへ行ってしまいたいと思うことのあるわたしは、もう簡単に、一人にしておくのはかわいそう、と行動できる蛮勇のようなものを失くしていた。

「あっ、ボーユ（ボール）だぁ」

叔母に抱かれていた千枝の、幼い声がした。

振り向くと、アジがどこからか、色糸で鮮やかな模様を作った手毬を二つ下げて部屋に入ってくるのが見えた。てっぺんに吊り下げる紐がついているところを見ると、装飾用の毬なのだろうか。全体にやまぶき色の糸が巻かれていて、その上に、紺や赤、金色などの糸が丹念に巻かれ、美しい幾何学模様に仕上げてある。時間と手間そのものを巻き込んだような手毬に、半ば圧倒される気持ちで見とれていると、アジは、

「このバアちゃんが作ったのよぉ」

そう、ゆっくりした口調で言って、毬を千枝に手渡した。と、千枝は、叔母の腕から身をよじるようにして畳に降り、すぐさま、

「ぽん」

と、二つとも乱暴に放り投げた。

アッ、とわたしは内心うろたえて、アジの手前どう言い繕ったらいいのかと一瞬のうちにあれこれ思いめぐらしたが、千枝が転がる毬を危うい歩調で追いかけはじめたのを見て、ほっと荷を下ろしたような気持ちになった。

千枝にとっては、きれいなボーユ、オモチャなのだ。美術品のように眺めることはなくても、それですぐさま遊びはじめれば、アジにとって、それはそれでうれしいことだろう、そう思ったからだ。

千枝が、からだを二つ折りにするような姿勢で毬を拾い、

「ぽん」

と口に出して投げ、ころころと可愛い声をたてて笑う。

「ぼん」

ころころ。

「ぼん」

ころころ。

その繰り返しだ。

そのさまを、アジが、ほう、とか、まあ、とか、意味のない言葉を連発して眺めている。

その姿を見ているうちに、わたしは、「子どもの功徳」という言葉を思い浮かべていた。

足元に転がってきた毬のひとつを手に取って、何気なく振ってみると、中に石ころの入った容器でも埋めてあるのか、かすかな音がルルルとする。

「お母さん、貸して」

高志に手渡すと、高志はそれを何度も振りながら庭の見える廊下に出て、

「不思議な音だね……。島の音だね」

ルルル、ルルルと音をたてた。障子を開け放した廊下から、音が流れて、気まずくなった座敷の空気を、そっくりそのまま、追い払っていくようだった。

「今から、お義父さんとお祖父ちゃんのお墓参りに行きましょうか」

わたしが、優等生の嫁ぶりを発揮して提案すると、

「……それじゃ、また来るワ。宴会は明日の晩だろ」

守小父が席を立って、玄関へ続く廊下に出た。床板をぎしぎし言わせながら高志の横に立ち、守小父は毬を振り続けている高志の頭に手を置いて、

「家の裏にはバナナが生っとるし、そこには、ほら、みかんが生っとるぞぉ。あとで取って、うんと食べていけ、うん」

前方に広がる庭の隅の方を指差した。

何という種類のみかんなのか、小さな淡い色の実が幾百の花のように生った木が、大小様々な石を組み合わせた石垣の内側に見えた。硝子戸も開け放ってある廊下の柱につかまって、高志は、身を乗り出すようにしながら、守小父の指差す先を見て、

「宝の木だあ」

と、声をあげた。

宝の木は、その木の根元に宝物を埋めたから「宝の木」なのだった。
なのに、アジは、高志がみかんを小判かなにかのように思い、宝がザクザクなった木だと言ったたと思うらしく、
「帰るとき、あの宝のみかん、みーんな持っていきなさいねぇ。島のみかんは、ほんとにおいしいよぉ」

と、歌うように言った。そして、懐から少し黄ばんだ週刊誌大の大きさの紙きれを取り出し、

「枝里子さん、これ持って帰ってねぇ」

と、差し出した。見ると、古い賞状で、島の小学校名の後に、毛筆で「一年一組、伊集院哲郎」と夫の名前が書いてある。

「ひゃあ、ばあちゃん、そんなのまだ持ってたのぉ。何年前のよぉ」

姑が驚きの声をあげた。

隅の方が少し黄ばんではいたが、皺ひとつなくきちんとしている。何かに挟んで保存していたのだろう。が、保存状態の良さより、九十二歳の老婆がそれを忘れず取り出してきたことのほうに、わたしは驚いた。

賞状を前に、夫や姑、わたしや叔母たちがざわめいていると、好奇心の塊のような年頃の高志が、座敷に戻ってきて、

「お父さんのじゃん。へぇ、お父さんも賞状なんか貰ったんだ」

と、父親を苦笑させ、皆を大笑させた。

「えっ、高志ちゃん、墓参りに行くんなら、その前にアジが畑を案内しようね。みーんな、高志ちゃんのものになるんだから、よおく覚えていってねぇ」

アジが言った。はじめて島を訪れたとき、わたしも伊集院家の長男の嫁として、アジに連れられ、サトウキビ畑を見てまわったものだ。雨の後で、泥だらけのあぜ道を靴の踵を抜き

抜き歩き、広大な荒野の中に出た。見回すと、三百六十度一面、大きなススキの穂がサワサワと風のかたちにたなびいている。この荒野の、どこに畑があるのだろう。わたしが捜しあぐねてキョロキョロしていると、そのススキと見えたものがサトウキビだった。

「あんなに大きなススキがあるかね。穂だって、形が全然違うだろうに」

後で親戚中の人に笑われたが、あの頃のわたしはまだコドモで、人というものはみな自分を慈しんでくれるものだと思って、ただニコニコしていた。

「えっ、ぼくの？　みんな？　なんで？」

高志が不思議そうな顔をして訊いた。たしかに、本来だれのものでもない土地が、突然高志のものになってしまうというのは不思議だ。

「僕が案内するから、アジは家にいていいよ」

おそらくは畑など見るつもりのない夫が申し出ると、

「嬉《ほうら》しゃんや。哲郎、あんた、家の畑を全部覚えとったね。そうね、そうね……」

と、アジは実にうれしそうな顔をした。

学生時代、夫も、帰島するたびアジに畑を見せられ、興味のない顔を見せては叱りつけられたという。祖先から受け継いできた土地を次の世代に少しも減らさず渡すこと、アジにとってはそれがとても大事なことなのだった。まだ譲ってもいない土地について、アジは、絶対に売ってはならない、と説教し、守小父に代表される親戚たちは、絶対に不在地主になってはいけない、と厳命する。つまりは、島に住め、と言うのだ。

けれども、小さいながら東京で出版社をおこし、それがようやく軌道に乗りはじめた夫には、島に帰る意志は、微塵も、と言っていいほどなかった。島で生まれたとはいっても、内地の暮らしが長く、その生活に馴染んでいる夫に、島で生まれ育った人たちと同じ「島人」意識は育ちようがないのだった。島は、夫にとって、父祖の地であり、その意味では特別な地だったが、離れて暮らす年月が長くなるにつれ、記憶の中の懐かしい土地にすぎなくなっていた。

内地には、思い出を共有する友人・知人がおり、責任を持たなくてはならない会社があり、ローンで買った郊外の家があり、島言葉を解せず畑仕事もできそうにない妻子がいる。生活の基盤はすべて内地にあるのだった。「島人」の姑も、生活基盤として考えるときの「島」の位置は、夫と大同小異らしく、今さら島に帰って苦労するのは嫌だ、と折にふれては仄めかしていた。

島の土地も家も、実際にアジの面倒を見ている文子叔母と源叔父夫婦に譲ってくれ。夫がそう言うと、アジは、「何を言う」という表情で怒り、悲しむ。伊集院の姓も子どもも持たない叔母は、アジにとって、実の娘ではあっても他人と等しいらしいのだ。

文子に相続させれば、すべては他人にとられる。

アジはそう言い、それではご先祖様に顔向けできない、と頑なに思い込んでいるふうだった。

近くの実家へ寄ってから墓へは一人で参るという姑と別れ、夫と子どもたちと連れ立って歩きながら、わたしは「因習」という言葉を思い浮かべ、それがこの空と海の美しい小さな島を投網のようにすっぽり覆っている気がした。

網の目の間からは、サトウキビの葉がふさふさと飛び出している。丈の高いサトウキビ畑は、中に分け入ってしまえば、何をしようと外からは窺い知れない。愛の褥になることも多いという。そんなことを思うと、ヒバリの卵を隠し持つ麦畑みたいに、「愛」を隠し持つサトウキビ畑が、いっせいに熱をもって匂いたつようで、わたしは島に開放的な濃い自由も感じた。

石垣に囲まれた墓の外で靴を脱ぎ、子どもたちも裸足にさせて、わたしは、水の入った薬罐をさげた夫の後から囲いの中に足を踏み入れた。

内地の墓地とは様相が違って、石英の粒のような白い砂が、五、六坪ほどの敷地いっぱいに敷きつめられ、白く輝いている。中央に丈の低い墓石がひとつ、その背後に半地下のコンクリート製納骨堂があって、ただそれだけである。白とグレーの世界だ。なんとなくアッケラカンとしていると思うのは、土や草木など、湿り気のあるものと同居する内地の墓地を見慣れているせいだろうか。

アジが庭から折りとって持たせてくれたクロトンを花立てに差すと、赤や黄の斑がまだらに入った濃い緑の葉が、白い背景によく似合った。

慣れた手つきで白砂を寄せ、線香をたてるための小山を作っている父親を、さっそく千枝が真似て、砂をかきまぜ、遊びはじめる。高志が兄らしく、機嫌を損ねないよう千枝の面倒

を見始めたのを見て、

「わたしもこの中に入るのかしら」

何気なく夫の横顔に呟いた。と、急にそのことが現実味を帯びて、わたしは自分の骨が、乾いた墓地で、ひとりぽつんと澄んだ空と海を見つめ、言葉もわからず途方に暮れているさまが見えてくる気がした。

「死んだら終わり、って思っているはずなのに、こんな遠くに葬られるかと思うと、なんだか理不尽なような、変な気がするわ」

「……」

「あなたはどんな感じがする？」

「……」

「落ち着くべきところに落ち着いた、って気がすると思う？」

夫が黙っているので、わたしは用意してきた線香の束を取り出し、よく火が回るように捌きながら、ライターで火をつけた。透明な炎が周囲の空気をゆらゆらと揺らすのを眺めながら、

「自分の骨って、いったい、どこへ行ったら落ち着いた気がするのかしら。もし、明日、わたしが死んだら、やっぱりここに葬られちゃうのかなあ……」

独り言のように呟いた。

手にした線香の束を振ると、炎が消えて、白い煙が青い空に向かって一斉にたちのぼって

いく。

「親父の骨があるから、お袋の骨は当然ここに持ってくるだろうと思うけど……。骨ねぇ……」

夫は、少し考える眼になって、骨ねぇ……、と遠くを見たまま同じ言葉を繰り返した。

「お義父さんの骨はあなたが納めたの？」

線香の束を二つに分けながら納骨堂に目を向けると、

「その扉を引いてね、先に死んだ叔父さんの骨壺を脇へ寄せて、僕が置いた。扉がひどく重くて、膝をついたままの姿勢ではとても動かせなかった……。それに比べると、骨の方はとても軽くてね、なんだか現実じゃないような気もしたな。アジが、まるで生きている人間に対するみたいに、親父と健志叔父の骨に話しかけて……」

そこで言葉を切って、夫は、わたしから線香の束の半分を受け取り、

「高志も千枝も、こっちに来て線香をあげなさい。おまえたちのお祖父さんや曾お祖父さんが眠ってるんだよ」

と、空いている方の手で子どもたちを手招いた。

並んで墓石の前にひざまずき、手を合わせると、足元に落ちた影が白砂の小山を覆って、そこだけ線香の煙をくっきりとさせていた。目を閉じ、掌にきゅっと力を込めたが、念じる言葉、話しかける言葉は、少しも思い浮かんでこなかった。

膝の間に千枝を挟むようにして祈っている夫には、夫なりの感慨があるのだろう。横顔

に、ある気配が感じられる。

火葬された父親を両手に抱いた日、骨のぬくみが伝わってきて、初めて夫は涙を流したという。

わたしにとっては馴染みの薄い墓であっても、夫にとっては、身近だった人たちの墓なのだ。

「ねえ、お祖父ちゃんって、ぼく見たことある？」

高志が小声で訊いてきたので、わたしは、ううん、と首を振り、

「でも、アチャにならは会ったことがあるわよ。高志の曾お祖父ちゃん。高志をだっこして、ほんとうに嬉しそうにしてた……」

「ぼく、全然覚えてないや」

「千枝より小さな赤ちゃんだったもの」

初めてわたしが島を訪れたとき、内地言葉が話せないのか、生来の無口のせいなのか、話しかけても目で笑うだけで、滞在中ひと言も口をきかなかったアチャの顔が、くっきりと浮かんできた。

男は、日に三言、と寡黙なのが良しとされる土地柄である。わたしに口はきかなかったが、アチャは、サトウキビを食べてみたいと何気なく言ったわたしに、畑から上等な一本を選んできて、鎌できれいに皮を剥き、黙って差し出してくれた……。アチャの飼っていた牛に草を食べさせて珍しがっていると、餌を与える時間ではないのに、どこからか草を刈って

きて、そっとわたしの足もとに積んでくれた……。
縁側に並んで、庭を見ながら腰を下ろしていたときのことが思い出された。わたしがぽつりぽつりと話すだけで、アチャは何も話さないのに、その沈黙には温かさと慈しみがあって、わたしは豊かな安らぎを感じたものだ。

わたしが夫と島を去るとき、

「来年《やに》は、子《くわ》を抱ち来《ふう》よ、待ちゅんどや」（来年は子どもを抱いて帰って来なさい。待っとるよ）

アチャは孫である夫にそう言って、小さな目を濡らした。わたしたちが飛行機に乗り込んだ後も、飛行場の柵につかまったまま、ずっとわたしたちの坐る飛行機の窓を見ていた。

「男《うとく》の子《くわ》ど良《ゆ》かん。女《うなぐ》は嫁《ゆみ》ち出《いじゃ》さどないる、何《ぬう》もならんどや」（男の方がいい。女は嫁に出さなければならないし、どうにもならん）

続けてそう言ったアチャに、男の子である高志を抱かせることができたのは、せめてものことだった、そう思った途端、

「あの赤ん坊が、こんなに大きくなって、今はもうお兄ちゃんになって、妹の世話もするんですよ……」

そう心の中で話しかけていた。

「この子が、二番目に生まれた千枝。何にもならない女の子だけれど、家族の宝です」

孫とその嫁、ふたりの曾孫を見つめるアチャの視線を、そのときふっと感じたような気がした。

「ぼく、星の砂を捜したいなぁ」

そう高志にせがまれて、墓参りの後、観光名所のひとつになっている近くの珊瑚礁の浜に降りてゆきながら、わたしは、

——墓を祖先との交歓の場みたいに思うなんて、お義母さんのことを嗤えないな。

と、先祖の霊を云々する宗教に凝って、借金までして金を注ぎ込んでいる姑のことを思った。

砂浜に立つと、うわぁ、と喚声を上げて、高志が一散に波打ち際に走って行く。星の砂を捜すどころか、砂浜には目もくれない。

遠目にも水が透んで、珊瑚礁特有の白、茶、緑などの色彩に染まった浅瀬が、沖合まで続いている。ほんとうに、飛びついて行きたくなるほどの海だった。珊瑚礁の尽きたあたりには白い波頭が立って、その先は水平線まで鮮やかな青が広がっている。

「海って、汚されないと、こんなにきれいなものなのね」

傍らの夫に囁くと、夫は黙ったまま頷いて、抱いていた千枝を砂浜に降ろした。

全体に淡いベージュ色の砂浜には、様々な貝がらが点在していて、ところどころに珊瑚の白い死骸が吹きだまっていた。

千枝はよちよちと二、三歩進んで、ついとしゃがみ込み、何かを拾った。見ると、赤と金色のしま模様の花火の燃えがらを、大事そうに握りしめている。

「子どもには、自然より人工のものの方がきれいなのかしらね」

思わず笑うと、

「そう言えば、ぼくも、島の小学校時代、写生大会でわざわざ遠出したのに、当時は珍しかった乗用車を描いた覚えがあるなぁ」

「わたしは、町にはじめて出来た鉄筋三階建ての建物。漁業協同組合だった」

そう言って言葉を切った途端、その建物の立つ港の前に、豊かに広がっていた故郷の海が思い出された。茨城の北端の海だった。

「ねぇ、ここも太平洋でしょう?」

何気なく訊くと、

「いや、東シナ海」

わたしは驚いて、

「えっ、東シナ海?」

「ああ、反対側なら太平洋だけど……。どうして?」

「だって……」

「同じ日本なのに、か?」

そう言うと、夫はおかしそうに笑った。

……なかなか、どうして、日本は広い。わたしは、目の前の東シナ海を眺めながら、

「タカシー、その海ねー、東シナ海だってー」

息子の後ろ姿に呼びかけた。

「知ってるよー」

ズボンの裾を膝まで捲り上げて水につかっていた高志が、無造作に声を投げ返してきた。

わたしは少し憮然として、夫がまた笑うのを横目で見ながら、千枝のそばにしゃがみ込み、砂をすくって何かの死骸なのだという星の砂を捜しはじめた。

手のひらに砂を広げ、表面を撫でながら根気良く捜してゆくが、なかなか見つからない。場所によっては、砂全部が星の砂というところもあるらしいが、ここは残念ながらそんな宝の場所ではない。

こんなにしみじみと砂を眺めたことはなかったなぁ、そんなふうに思いながらさらに砂粒を見てゆくと、砂は皆、貝やウニや蟹や珊瑚や、何かはわからないが、かつては生きていたものたちの破片なのだった……。

死屍累々、か。周囲を見渡すと、砂浜全体がぼおっと鈍い光を放つかに見えた。

「タカシー、星の砂を捜すんじゃなかったのー」

水際で遊び興じている息子に大声で叫ぶと、ほら、と夫が肉の厚い手のひらを差し出してきた。中央に一粒、針の先より細いとげを持つコンペイトウみたいな砂が、今にも吹き飛ばされそうに張り付いている。

「へえ、ほんとうに星のかたちじゃない」

感心して言うわたしに、いつのまに駆け戻ってきたのか、

「当たり前じゃん。だから、星の砂っていうんだよ」

高志が生意気に言った。父親の手のひらから、唾液をつけた指先で星の砂をすくいとって、高志は、星のかたちをした砂をしみじみと眺め、

「お母さん、ぼく、あの木の下に、この星の砂も、いっぱい埋めといたんだ。……でも、空き缶に入れといたから、もう錆びちゃって、ぐしゃぐしゃになってるかなぁ……。ぼく、小さいとき、馬鹿だったね」

と、少ししょんぼりした顔になった。

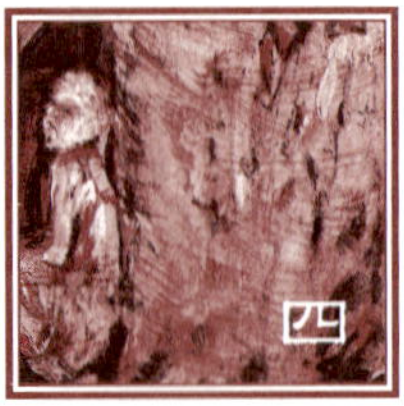

四

「もおっ、大きくなっても、馬鹿じゃない」

先ほどから落ち着きなく居間を跳ね回り、蛍光灯の紐の先につけてある毛糸のボンボンを、サッカーボールさながらにヘディングしている高志に、わたしは、アジが落ち着かないでしょう、と気兼ねしながら言った。

高志がそうしてボンボンを揺らすので、千枝が面白がって、

「ぶーらんこ、ぶーらんこ」

と、騒ぐ。最初のうちはたたみの上で見ているのが、そのうちボンボンにさわりたくなり、菓子やら漬け物やらお茶やらがのっているこたつの上に、かまわず上り始める。こたつは必要ないほどの気候なのに、島人にとってはやはり冬なのだろう、どの家庭にもこたつが

出ていた。

アジは目を細めて、急に目の前に千枝のお尻やら足やらが現われるのを、元気ねぇ、と眺めているが、物も千枝もいつ落ちてくるのかわからないのでは、おちおち居眠りもしていられないに違いない。

「迷惑よ」

兄の方を、わたしが叱ると、

「だって、つまんないんだもん」

高志は不服そうに唇をとがらせて、火のないこたつにもぐり込んで、腹這いになった。

中廊下を隔てた座敷からは、相変らずにぎやかな声が聞こえてくる。蛇皮線の音に合わせて歌う声。跳ねるような島言葉。どっと沸き起こる笑い声。

「親戚って、いっぱいいるんだね」

高志の素朴な感想通り、二つの広い座敷の襖を取り払ってしつらえた「歓迎の宴」には、二つの町しかないとはいえ、島中の伊集院の親類が集まっていた。

最初のうちこそ、アジとわたしと子どもたちも膳の前に坐っていたが、ひと通りの挨拶が済み、料理を食べ終えると、頃合を見て台所続きの居間に避難してきた。たかが歓迎の宴なのに、飲めや歌えやが、夕方のまだ明るい時刻から深夜にまで及ぶのだった。

島の男たちはたいがい酒に強い。湯で割った黒糖酒をぐいぐいと飲み、蛇皮線を弾きながら歌い、踊る。女たちには、やたらと甘い「女酒」というのがあって、これをチビチビ飲んでは、琉球舞踊のような南国独特の踊りを披露する。蛇皮線と踊り。それは島人の一般教養なのかも知れなかった。

それらを眺め、内地言葉で話しかけてくれる人たちとの対応が一巡すると、これまで他所者のわたしは、喧噪のなかに置き去りにされたものだ。皆がどっと笑っても、なぜ笑っているのかわからない。最初のうちこそ、説明してくれる人もあるが、宴が佳境に入れば捨て置かれてしまう。孤立感や疎外感を味わうというのではない。ただ退屈なのだった。様々に変化する皆の表情を眺めていると、それとは対照的に自分の表情が少しも動かないのが、だんだん気になってくる。子どもという、退出する口実のなかった頃は、酒宴の終わるのがひたすら待たれたものだ。

高志と千枝のおかげで、今はこうして逃げていられる。

いたずらするのを見張るのも一仕事だけれど、と嫌がる千枝をこたつ板から降ろしていると、

「お母さん、このテレビ、なんか変」

リモコンを操作して、チャンネルを次々と変えていた高志が、急に高い声を上げた。

「やってるはずの番組がやってないし、変なところで変な番組やってるよ」

ああ、とわたしは思い出して、

「島じゃ、民放は一つか二つしか映らないのよ。ちょっと前まではＮＨＫしか映らなかったんですって。ねえ、アジ」

立ったまま、アジの頭の上から声をかけた。が、その声が聞こえなかったのだろう。アジは澄まして、千枝が乱したこたつ板の上を片付けている。面と向かって話すときには小さな声でも通じるのに、背後から声をかけたりすると、かなりの大声でも反応しないことが多々あった。唇を読むのかも知れないが、アジの耳は、必要なときだけスイッチが入る省エネ型になっているのかも知れない。

「ねえ、アジ」

高志が大声で呼びかけると、アジは夢から醒めたようにピクリとこちらに顔を向けて、

「高志ちゃん、いくつになったね」

と、いきなり、今日だけでも三度めか四度めかになる質問をした。

「十一歳」

高志が、一瞬、またかというような表情をよぎらせて答えると、

「ふうん、何年生になるね」

「小学校五年生」

「まあ、もう、そんなになるね。そうね、五年生ね。千枝ちゃんはどのくらいになる?」

その後の展開もまったく同じだった。

「一歳十か月。もう少しで二歳」

「ふーん、二歳……」

アジは、はじめてのように感心し、今度はわたしの方に向き直って、

「枝里子さん、帰る時、あの宝のみかん、みーんな持って行きなさいねぇ」

と、またもや、今朝から五度か六度めかの科白を言った。

あのみかんを全部持って帰るのはとても無理だ。そう思いながら、

「はい、おいしそうですものねぇ」

わたしも同じ科白を同じ顔で言った。

アジも年をとった。そう思うのが、何か、胸のなかに砂を詰め込むような、無残な重苦しさを呼び込んでくる。

「枝里子さん、ちょっと」

文子叔母の声に顔をあげると、叔母は居間に入って来ながら、

「守小父さんが、何かあんたに話があるんだって。もういい加減酔っぱらってるから、適当に相手しとけばいいけど、千枝ちゃんはウチが見とるから、ちょっと行ってやって」

と、千枝をあやしながら抱きとった。

座敷に出ていくと、大部分の客はすでに帰っていて、濃い間柄なのだろう、いまだに正しい続柄は覚えきれないが、見慣れた親しい顔ぶれだけが残ってこちらを見ていた。

「ここに来んしゃい」

だいぶ酔っているらしい守小父が、自分の隣の座布団を片手でたたいて、持っている盃から焼酎を溢れさせた。

坐ったわたしに盃を持たせ、小父は自分と同じ「男酒」をついだ。飲めというふうに顎を

しゃくる。わたしが一息に飲み干すと、小父はちょっと面食らった顔になり、一瞬遅れた感じの間合いで、また酌をした。そのままわたしの顔を見守るふうなので、盃をテーブルに置き、その目をさり気なく見返すと、

「枝里子さん、島に帰って来んね」

守小父がいきなり核心に触れた。

わたしが肩のあたりに両手をあげて、小首を傾げながらのけぞって見せると、小父は、冗談ではないのだ、というふうに、

「帰って来て、この家に住まんね」

と、同じことをはっきりと繰り返した。

もしかしたら、わたしのいない間に帰島する話が決まって、後はわたしの了解を取るだけになっているのかも知れない。一瞬そんな考えがよぎったが、座の空気で、そうではないのがわかった。

わたしに向かって言いながら、小父は実は、夫と姑に聞かせているのだった。

座は、だれも喋るものがなく、静まりかえっている。源叔父が、

「こんな所で急にそんなことを言われても、返事に困るよね、枝里子さん」

助け船を出した。が、守小父は、でも、はっきりさせねば、と夫と姑の方に向き直り、

「帰って来んなら、帰って来んでもいい。でもな、哲郎。それなら、それで、ここに年寄りがひとりで暮らしてる、それを絶対忘れるなよ。いつでも思っていろよ。それならいい、そ

れならいいけど、それを忘れたら、俺は……」

　許さない、というふうに聞こえた。

　夫と姑が、その言葉に棘を感じているのが見て取れた。

　何を理不尽な、とわたしは怒りがこみあげてきた。親の助けを一切借りず、働きはじめたその日から、夫は母親の生活をみている。そのうえ、すべてを捨てて島へ帰り、祖母まで看ろというのか……。

　けれども、それは、わたしが島の常識外にいるからなのだろう。

　これまでも、

「一家で帰ってくるのが無理なら、克子、おまえだけでもアジの世話をしに帰って来い。行ったり来たりでもいい。交通費がないなら俺が出す。妹にそんな薄情なことをさせておいては、俺が世間に顔向けできない」

　姑の長兄が度々そんな電話をかけてきていた。内地と島を往復して夫の親を看ている者は身近な親戚にもいた。それが、孝を大切にする島人の常識なのらしかった。とすると、守小父は、わたしに言い、夫に言いしているけれども、実は、ほんとうの的は姑にあって、姑に一言言いたいのかも知れなかった。

　押し寄せる「島の意志」に対して、姑は、

「孫がまだ小さいのでね。嫁にはまだわたしの手が必要なのよ」

　そう、対外的には言う。が、わたしには、

「教祖さまが、島に帰ってはいけない、と言ってるの。アジはサタンだから、その世話をするわけにはいかないのよ。情に負けて島に帰れば、哲郎は四十歳前に、高志は二十歳前に死ぬ。だからウチが帰るわけにはいかないの」

そう言うのだった。

「伊集院の家はね、先祖の因縁がたたっていて、男が長生きできないようになってるの。先祖の霊がウチたちを頼ってきているのよ。霊を解放して、供養しなければ、伊集院の家系は絶えてしまう。だから、ウチが一生懸命信心して、どの先祖が頼ってくるのか鑑定してもらって、哲郎や高志の命を救ってもらってるの。献金するのだって、ウチの大事な、血と汗と涙の結晶を差し出すことで、二人を救ってもらってるのよ。学べばわかるの」

だからわたしにも信仰しろ、と憑かれたような顔で迫る姑が、わたしにはとことん哀れに見えたり、不気味になったり、馬鹿に思えたりする。

アジに関しての「宗教」は、口実ではないのか、と思うこともあった。

が、同じ女性として考えるとき、二十年も前に死んだ夫の親を「嫁」だというだけで看ろと迫られるのは、いかにも乱暴な話だとも思えた。わたしにしろ、姑とはできることなら一緒に暮らしたくはないのだ。

部屋に教祖だという初老の男の写真を祀って朝晩祈り、妙な品物を法外な値段で買い込んでは借金を作る姑。その支払いに追われながら、息子に生活の根底を保障されている姑は、「試練も大きいけど、恵みも大きいのよ」

と、自分のものではない言葉で言う。

借金を申し込みに行った知人の所から、

「絶対に黙っていてくれとお母さんには言われているの。だからあたしが言ったことは絶対に黙っていてね」

そういう条件付きの連絡が入っていることも知らず、姑はシラを切り通そうとし、最後には、大学まで出てるのに信教の自由も知らないの、と居直る。

姑にすれば、夫は自分がオシメを替えた子どもなのだった。その子どもが大人になったからといって、親の自分が指図される覚えはない、姑はそう思っているのだろう。が、姑の宗教は、わたしたちにはどう考えても経済行為としか思えず、身内が特殊な死に方をしたという「弱味」につけこんで、引き出せるだけ金を引き出そうとする卑劣な団体にしか見えなかった。借金も、本当のところはどのくらいあるのかわからない。一種の布施行をすることで、姑の不安な心がいくぶんかは救われていたとしても、それは当面だけのことに違いない。いざとなれば、わたしたちの生活まで脅かしかねない宗教に、わたしたち夫婦は寛大ではいられず、今もそのことで、水面下で姑と争っている。

千枝が原因不明の高熱を出したときのことだ。せきも出ないし、はなも出ない、下痢もしていない。けれどもさすがにつらいらしく、昼夜かまわずぐずっては泣く。それが三日も続いていた。上の子の経験から突発性発疹だろうと見当はつけているものの、疹が出ないことには医者にもわからない。三日目の晩、不安な気持ちで弱った千枝を抱きながらウトウトしていると、足元に人の気配を感じた。夏の夜で、わたしは薄がけを一枚、腰のあたりにかけているだけだった。目を開けると、敷布団の上に直接大きな人影が立っている。寝乱れた寝間着姿で、髪がもじゃもじゃとそそけだっている。わたしは危うく悲鳴をあげそうになった。

「これは普通じゃないよ」

　緊迫した姑の声が降ってきた。

「取り返しのつかないことになる。だからあんなに、ウチが信心しろと言ったのに……。今からでも救ってもらおう。さ、千枝を貸しなさい」

　数珠をかけた手が、熱でぐったりした千枝に伸びてきた。教祖さまを祀った姑の祭壇に、千枝を連れていくつもりらしい。わたしはぞっとして、

「気持ちの悪いこと言わないで。あっちへ行って」

と、激しく姑の手を振り払っていた。

　気味が悪かった。わたしの剣幕に驚いて、姑が自室に戻った後も、薄気味の悪さがじわじわとまとわりついてくる。先祖のたたりなど信じてはいないのに、振り払っても、振り払っても、不吉な考えが湧いてくる。姑が経文を唱える声が隣室から洩れてくる。わたしは一睡もできないまま朝を迎え、千枝の内腿に小さな疹を見つけて、気が抜けるほどに安堵した。

　それから姑は、わたしのことを「サタン」と呼ぶ。

「あんたの顔には悪い心が顕われている。あんたの顔を見るたびに、ウチはぞっとするよ」

そう言って、塩でも撒きそうな顔をするのだった。すると、その言葉が引き出してくるように、ほんとうにわたしの心に悪い心が滲み出してくる。それならほんとうにサタンになってやろうか。抜き身のような感情がギラリと顔を出して、自分で自分に戦慄することもあった。

一見穏やかに暮らしているように見える家庭にも、切り込めばこれぐらいの亀裂はある。埋められない溝を持つわたしと姑が島に帰ることが、ほんとうにアジのしあわせになるのだろうか。島の風土のなかで、気丈に生き、果てること、そのことのほうがアジの一生にはふさわしい。わたしにはそう思えてならなかった。と、ママーと叫ぶ幼い声がして、千枝を抱いた文子叔母が座敷に入ってきた。

「ママのところに行くって、きかなくてね」

文子叔母が皆に困ったような顔をして見せながら、ほら、ほら、アタチの大事なママ、と千枝をからかいながらわたしに手渡した。千枝が、わたしの襟元から手を入れて、乳房をまさぐってくる。キャッ、くすぐったい。いけません。わたしが娘とじゃれていると、その間に、すばやく座の空気を察知したのだろうか、叔母は下座につきながら、ついと夫の哲郎のほうに顔を向け、

「アジが事《くと》は心配《しゅわ》しうぐり無《な》んどや。我達《わちゃ》が如何《どう》にむしゅんどや」（アジのことは心配することはないよ。ウチたちがどうにかするから）

島言葉で言って、一瞬のうちに座の空気を静めた。

源叔父が、

「伊集院の家は、東京で立派に繁栄していくのよ。それでいいのよ」

そう、呟いている。

「哲郎、俺はあんたの親父とは、兄弟同様に育ってきた。あれが生きていればどうしたか、俺にはよくわかる。……けれども、わかった」

守小父がそう言いざま立ち上がって、酔った体を引きずるようにして座敷を出て行った。

――島に帰れ。帰って、アジと暮らせ。そう、言うには言ったものの、それが無理であることを、この人も充分承知しているのだ。

出ていく背中を見ていると、そのことがよくわかった。

無理を承知で守小父が言い出したのは、なぜだったのだろう。
わたしは眠れぬ目を薄闇に見開いて、暗い影になった透かし彫りの欄間やどっしりと太い柱を見ていた。
襖一枚隔てただけのアジの寝室から、ハアッ、ハアッという荒い息遣いが聞こえる。
十年前はたたみに布団を敷いて寝ていたアジだったが、今回来てみると、介護の必要のためなのか、アジの部屋には病院にあるような、がっしりとしたパイプベッドが置いてあった。腰の高さほどもあるベッドに、どうやってアジは上がるのだろう。昼間、何気なく覗いたときは、踏台でもあるのだろう、と気にも止めなかったのだが、あの息遣いからすると、アジは床から直接這い上っているのかも知れなかった。

よほど様子を見にいこうかと迷ったが、聞こえてくる息遣いには、何か日常的な響きも感じられて、わたしはしばらく経過を見ることにして耳を澄ましているのだった。

座敷に敷き並べた布団には、飲みつけない焼酎にしたたか酔った夫と、遊び疲れた子どもたちが、それぞれ歯ぎしりをしたり、物凄い寝相で動きまわったり、と正体なく眠っている。奥の部屋では姑が、やはりぐっすりと寝ているはずだった。

アジの息は徐々に静まっていくようだった。

が、ハアッ、ハアッという息の合間に、ああっ、と入る小さなため息が、いかにも切なげで、わたしは知らず知らずのうちに眉間にしわを寄せていた。アジの息が、いまにも止まりそうで、不安に胸がしめつけられるのだ。が、その不安は、アジの方が、より強く抱いているものなのかも知れなかった。

隣室で、だれかが寝ている。ただそれだけのことが、アジには大きな安堵をもたらすのかも知れない。そう思うと、島の風土のなかで、ひとり気丈に生き、果てるのがよい、と思った自分の気持ちが、いかにも薄情なものに思われてくる。

ふと、アジを東京へ呼べば、という考えが浮かんだ。が、実現したときのことを考えるより先に、アジが島を離れて生きられるとも思えなかった。

——どうすることもできないのだ。

そう思い、その思いをしばし噛みしめてみる。が、すんなりと胸の底には落ちていかない。どうすることもできなくとも、どうかしたい。どうにかならないのか。そんな、足踏みでもしたいような、焦りに似た苛立ちが、未練がましくこみあげてくるのだ。

ふと、守小父も、この種の苦しさを抱いていたのではないか、そんな思いが湧いた。

アジの灰色の目を思い浮かべながら、天井に目を凝らしていると、日頃ふっとどこかへ行ってしまいたいと思うとき、わたしがきっと思い出す『マルテの手記』の一節が浮かんできた。一字一句正確に覚えているわけではないが、「自分ではもはやどうにもならなくなった事がらを、その事実を悲しんだり、ましてや判断したりしないで、ありのままじっと身に受けとめておく、というのは大変いいことにちがいない」、そんな一節だ。

そうして鬱々としながら、わたしはいつのまにか眠ってしまったらしい。

目が醒めると、柱時計の針は七時を指していた。なのに、まだ夜が明けていない。一瞬時計が狂っているのではないかという思いがよぎったが、島の日の出は東京より一時間遅いのだった。

暗い中を起き出して着替え、台所続きの居間に行ってみると、電灯はついているものの、いつもならこたつの定位置に坐っているはずのアジの姿がなかった。トイレに立ちながら、アジの部屋を覗いてみたが、そこにもいない。ベッドがきれいに整えられていて、白いシーツの上に、入口に立ったわたしの影が長く伸びていた。

こんなに朝早くからどこに行ったのだろう。

ほどなく起きてきた姑と家の中を捜しまわり、

「まさか、庭かしら」

と、明けはじめた庭に出てみると、ちょうど門の前に見覚えのある車が止まって、源叔父が降りてくるのが見えた。叔父が助手席のドアを開ける。黒っぽい着物を着たアジが、小さな背をこごめるようにして、ちょこんとシートに正座していた。

わたしたちが走り寄ると、

「いやあ、どこに行ったかと、あんたたち心配したでしょう」

叔父は言って、アジを抱えおろしながら、

「雨戸をどんどんたたく者があるから、開けてみたら、真っ暗な庭にアジが立っとってね。だれと来たの、って訊くと、ひとりで歩いてきたって……。あんたたちがもうすぐ帰ってしまうと思うと、夜眠れないんだって言うのよ」

と淡々とした口調で言った。わたしたちを見上げるアジの姿が、濡れそぼったカラスのように見えた。

一時間は歩いたにちがいないアジを居間に落ち着かせ、座敷に来て源叔父が言うには、一晩中アジは、わたしたちに持たせる土産のことを心配していたのだという。

「あれも持たせたい、これも持たせたい、早く準備をしろって言ってね。ちゃんと用意してあるから大丈夫だって言っても、言ったそばから忘れるらしくて、気を揉むの。金も渡したいのに、ない、郵便局から下ろしてきてくれ、って言ってねえ。あんたたちに渡す金は、祝儀袋に入れて、上書も書いて、ちゃんと渡してあるのに、どこかにしまって、しまったこと自体忘れてしまったらしいのよ」

叔父は、起きたばかりの夫と、わたしに向かって、

「あんたたちのことで、アジはもう一生懸命よ。帰ると思えば悲しくてたまらないみたいだけど、それだけ、来てくれてうれしいんだね。叔父さんたちがいくら喜ばせようったって、こうはいかない。こんなに生き返ったみたいに生き生きしたアジを見るのは久しぶりで、わたしたちも驚いとるの」

と静かな声で言った。

アジは昨夜、わたしに、出発前は慌ただしくて忘れるといけないから、と、祝儀袋に入れた餞別をくれたばかりなのだった。二度めの餞別に、はっ、とわたしは胸をつかれたけれども、後で文子叔母に返せばいい、とはじめてのように受け取っていたのだった。

そのことを叔父に言いかけたとき、アジがしずしずとこちらに歩いてくるのが見えた。

アジは、わたしたちの前に来ると、あらたまった態度になって、恭しく夫に祝儀袋を差し出した。かなりの厚みがあった。

「アジ、そんなことしなくていいのに」

夫がためらっていると、

「年寄りはね、お金はちっとあれば、それでいいの。帰って来るのに、あんた、たんとお金使ったでしょう。わたしは、あんたが可哀相でねえ」

と、もうじき四十歳にもなろうという夫のからだを撫でさすって、無理やりその手に祝儀袋をねじこんだ。

一人十万円近くかかる飛行機代、親戚中への土産、何がしかある祝い事や悲しみ事へ包むお金、それらを合わせると、少なくても一回の帰島に七、八十万円はかかる。それをアジは心配しているのだった。

確かに若い頃のわたしたちには、島は距離的にも遠かったが、経済的にも遠かった。いきおい義理事優先の帰り方になり、一番島との関係が薄いわたしなどは、島への航空券が、義理事の多い盆暮れどきには容易に取れないこともあって、十年もの間無沙汰をすることになったのだった。

「小さい会社とは言っても、ぼくも一応社長だよ。島に帰るぐらいの金はあるよ」

夫が笑うと、アジは、

「父親に早くに死なれたのに、よく頑張ってそこまでに……」

と、まるで大会社の社長にでもなったみたいに言うのだった。涙が、アジの灰色の目から、すう、とすべり落ちた。

干からびたようなアジのからだから、どうしてこれほど涙が出るのだろう。

そう不思議になるほど、一日中アジは涙を流し続けた。

「何、ばあちゃん、泣いてんのよ」

姑があきれ顔で訊くと、

「あんたたちが帰ってしまうと思うと、悲しくて勝手に涙が出るのよ」

アジは、実際の別れにはまだ一日あるというのに、涙を先取りして言うのだった。九十二歳という年齢を思うとき、アジは、この別れが今生の別れになるかも知れないことを、強く意識してしまうのだろう。

そんなアジに、高志も子どもなりに感じるところがあるらしく、

「ぼく、いっぱいアジのそばにいるよ」

と、外には遊びに出ず、アジのそばでゴロゴロしたり、千枝と戯れたりしている。

わたしは、アジとほんとうに別れるときが、怖くさえなってきた。

そんなわたしたちの気持ちを察してか、源叔父は、

「あんたたちが帰って、急にひとりになったら、アジも淋しくて耐えられんだろうから、叔母さんが一週間は泊るって言ってる。だから心配しなくて大丈夫よ。帰る日は、ちょうど親類の結婚式があって、気が紛れるだろうし」

と、気遣い、結婚式には出なくていいけれども、祝儀だけは包んだほうがいいだろう、額はいくら、などと細々としたことまで心配するのだった。

「高志ちゃん、宝物は、どうするの？　掘りたいんじゃないの？」

源叔父は、高志が島に着いた日、車の中で話したことも覚えていてくれた。

「でも、なんか……」

高志が、口ごもって、

「アジは、宝物のこと、みかんだと思ってるみたいで……。ほんとはみかんじゃなくて、ぼくの埋めたものだってわかったら、なんか、アジに悪いかな、って……」

迷う顔をした。

「こっそり掘ればいいよ。高志ちゃんはいい子だな」

叔父が高志の頭に手を置くと、

「そうだ、こっそり掘れば、わからないよね」

高志はパッと顔を輝かせた。

六

アジが文子叔母の介護で風呂に入るのを待って、高志は宝を掘り出しにかかった。

縁側から見ると、それほどの高さとも思わなかった宝の木が、庭に下りて根元から見ると、意外な高さで聳えている。もともとが強風から家を守るために植えられたのだろう、根がどっしりと地をつかんで、幹との境目のあたりがくねりながら露出している。根と根の間の地面は、所々に小石や貝がらを嵌め込んで踏み固められたようになっている。昼間なのに、あたりはひっそりとして小暗かった。

「おかしいなぁ。確かにここだと思ったのに」

根元とはいっても、四年も前の記憶である。宝の木の数メートル先にあるソテツなどは、わたしが十年前に帰島したとき、親戚の一人から三十センチほどの苗木を二本貰って、そのうちの一本を植えたものだった。「お手植えのソテツ」などとふざけた覚えのあるその苗木が、今ではわたしの背丈ほどにも伸びている。持ち帰って庭に植えたもう一本の方は、やっと腰の高さほどだったから、島と東京との樹木の育ち方がいかに違うかがわかる。高志の言う「根元」も、今では木の真下かも知れない。そんなことを思いながら、新たな場所にシャベルを入れ始めた高志の手元を見ていると、掘り返された土の匂いがふんぷんと立ちのぼってきた。

「ここにもないや。おかしいなぁ」

自信をなくしたのか、高志の声が先ほどよりだいぶ小さくなっている。

「埋めたのなら、絶対あるはずだよ、高志ちゃん」

叔父に励まされて、高志が範囲を広げ、あちこち掘り返してみると、最初に掘った所からだいぶ離れた所に、土にまみれた黄色いポリプロピレン製の蓋が見えた。

「ヤリィ。これ、この缶」

高志は大喜びで、宝箱ならぬ宝缶を取り出しにかかった。が、降れば土砂降りの雨になる多雨の島の気候のせいか、缶はボロボロに錆びていて、一部は欠け落ち、とても持ち上げられる状態ではない。そっと、蓋を開けてみると、半ば予想した通り、中には泥水が流れ込んで、洪水の後の家の中、という状態になっていた。

「土石流みたいだなあ」

高志がぶつぶつと呟きながら、その泥をすくった。と、白い骨が見えた。

「キャッ」

わたしが叫ぶと、高志は弾かれたようにその骨を放り出し、

「びっくりしたあ。お母さん、おどかさないでよ」

と、骨を拾い直した。

「珊瑚だよ、枝里子さん」

叔父の声に、よく見てみると、確かに砂浜によく吹きだまっているまっ白な珊瑚の骨格なのだった。

「鉄砲みたいなかたちだから、ぼく埋めたのかなあ」

と、高志もよく覚えていないらしい。

泥の中からは、何の変哲もないビー玉や、角の丸くなった青い染付けの陶器のかけら、錆びて腐食しかけた王冠、だ円形のタイルなどが出てきた。

四年前の小学一年生の頃、確かに高志はそんなものに夢中になっていたのだった。幼児の頃は、やたらと小石が好きで、道で小石を拾っては大事そうに握り締めていたものだ。ふ

と、そんなことを思い出して、

「高志のタイム・カプセルね」

と、笑うと、

「これがぼくの宝だったんだね。ヘコイね」

高志が照れ笑いをした。

「でも、久しぶりに、叔父さん、ドキドキしたよ。叔父さんも、小さい頃、宝物を埋めたことがあったのを思い出してねぇ。小学校のガジュマルの木の下だった。今ごろは腐って、根に巻かれてるかなあ」

源叔父は目尻にしわを寄せた。

ふと、いつのまにか二児の母になって、生活にがんじがらめになっている自分が、いくつもの宝をどこかに埋め忘れてきたような、妙な寂寥感にとらわれた。

手を洗って、座敷に戻ると、文子叔母が、廊下の隅にある鏡台の前にアジを坐らせて、長さだけはあるアジの髪を梳っていた。

座敷では、夫と姑が、帰りの荷物を作るのに余念がない。

廊下に立って行き、何気なく、文子叔母がアジの髪を扱うのを見ていると、

「枝里子さん、あの宝のみかん、みーんな持っていきなさいねぇ」

アジが、着物の衿をはだけたまま、鏡の中から声をかけてきた。

「そんなに持っていけないって、何遍言ったらわかるのよ、ばあちゃん」

姑がかすかに苛立ちのこもった声をあげた。

今朝から姑は、アジがみかんのことを口にするたびに、種ばっかりで実もないのに、と容赦なく言っていたのだった。アジの用意してくれた土産には、十年ものの焼酎や生の落花生、黒砂糖、じゃがいもや米、缶詰の類まであって、それぞれが山のような量になっていた。加えて、後から後から親戚たちが似たような品を、やはり山のように持ってくる。

「どうやってこんなに持っていけって言うのよ。もう、これは置いていくわよ」

姑が重量のある米やじゃがいもの袋を選んで、隅に寄せると、

「あんたたちが持っていくんじゃないがね、飛行機が持っていくんだがね」

アジは全部持っていけと言って譲らなかった。わたしにはまだ遠慮があることを見越して、ねぇ、枝里子さん、というふうにわたしを見るので、

「せっかくだから、いただいて行きましょうよ。小包にして送れば、持たなくていいし」

仕方なくわたしが姑に言うと、アジはわたしにだけ聞こえるような小声で、

「そうよ。せっかくの志だからね、持っていかにゃあダメ。どんなものでも、志だからねぇ。それを、あれは持っていく、これは置いていく、なんて言うのは人としてダメよ、枝里子さん」

と、人生訓を垂れるように言った。

年老いて、わたしたちにはいたわってやらねばならない弱い存在に見えるアジだったが、それはこちらがそう見るだけで、実はアジは「長老」の矜持をびしりと持っているのだっ

た。

どんな愁嘆場になるか、と恐れていた別れの日、アジはその矜持を崩さず、毅然として一家の主らしくきびきびと振る舞った。

小包を送る手筈を整え、わたしたち一家を空港へ送る車も手配した。電話ひとつで島の若い衆を、有無を言わせず使ってしまうのだった。

結婚式用に家紋の入った羽織りを着、髪をなでつけてもらうと、アジはわたしたちの前に正座して、

「みんな結婚式に出てしまうから、見送りには行けないけど、気をつけてお帰りなさいねぇ。遠い所を来てくれて、ほんとうにありがとう」

と、頭を下げた。

「もし、来年帰って来られなかったら、このバアちゃんが東京へ行こうかねぇ。まだまだ大丈夫、一人で行けるよねぇ」

そう言ってわたしたちを見ると、アジは千枝に手を差しのべて、

「このバアちゃんに、一度、抱っこされて行きなさい、ねぇ」

と、千枝の片手を引き寄せた。五泊六日の滞在中、アジが何度、抱っこ、と言っても、千枝は一度も抱かれなかったのだ。

祈るような気持ちで見ていると、なぜだろうか、千枝は小さな手を上げてアジの細い首に両腕を巻きつけた。

柔らかな動作だったが、アジのからだが、一瞬ピクリと震えたように見えた。

枯れ木そっくりの手が、千枝の小さな背中を抱き取り、体温を確かめるみたいにぴったりと押しつけられている。

幼児特有の柔らかい感触と暖かさが、わたしのなかにも流れ込んでくる気がした。ふと傍らを見ると、アジを見ている夫の両目がかすかに潤んでいくのが見えて、わたしは目を逸した。

「汝達《うちゃ》も苦しさでぃは思《うむ》いしが、年に一度は戻《むど》てぃ来《ふう》よ、我《わぬ》が死にば戻《むど》いぐり無んどや」（あんたたちも大変だろうけど、年に一度くらいは帰ってきなさいね。ウチが生きているうちに顔を見せてくれれば、死んでからなど戻る必要はないよ）

最後は島言葉になってそう言うと、アジは千枝を離し、高志の背中を抱くようにしてから、迎えの車に乗るために席を立った。

「アジ」

と、高志が、背後から大きな声で呼びかけた。

「見て、宝のみかん。ぼく、いっぱい貰っていくよ」

いつの間にもぎ取っていたのだろう、ポケットからみかんを取り出すと、高志は両手にそのオレンジ色の実を一つずつ持って、無邪気そうに振って見せた。

アジが、顔中のしわを寄せて、泣き笑いの表情をした。と、一瞬遅れて、アジの目から涙があふれた。そうしてしばらくわたしたちを眺めてから、アジは首を少し傾げて笑い、高志に二度うなずいて見せると、もう一度わたしたちにむかって頭を下げ、玄関へと出て行った。

　さすがに老人の足取りだったが、人の手は借りず、一度も振り返らなかった。

　——まるでアジの骨を拾っているようだ。

　砂浜に散らばる白い珊瑚の骨格を拾いながら、わたしはそのときのアジの後ろ姿を思い出して、ふっとそう思った。これがアジの見納めかも知れない。見送りながら、しきりにそんな気がしたからかも知れない。

　空港へ送ってくれる車が来るまでに、しばらく時間があった。それまで実家で過ごすという姑と別れて、わたしと夫、子どもたちは、星砂だらけという砂浜にやって来たのだった。

「幸せになる砂なんだって。お母さん、いっぱい持って帰って、みんなのお土産にしようよ」

　高志に言われて、わたしもその気になったのだが、多い、とは言っても、星砂だけ、というわけではない。仕分けは後、と高志と手分けして、ザザッとすくい、幾つかの瓶に詰めると、わたしは意外なほどに真っ白な珊瑚の骨格の美しさに目をひかれて、今度は珊瑚のかけらを拾いだしたのだった。

　表面に無数の細かな穴が開いた珊瑚は、ほんとうに骨に似ていた。枝分かれしたもの、楕円の輪になったもの、とかたちは様々だったが、基本的には両端が少し膨れたまっすぐなかたちが組み合わさって、いろいろにかたちづくられている。珊瑚には、漂白されたように真っ白な分、本物の骨にはない清潔感があった。これをガラスの器にでも盛って、机の上に置いて眺めたら楽しいだろう。そう思って拾っているうちに、アジの骨を拾っているような気になったのだ。

浜に来る道すがら、夫が、ちょっと言っておくけど、と前置きして、アチャの遺産についての叔父との話を聞かせたことも、影響していたかも知れない。

話は入り組んでいたが、要するに、必要があって土地の大部分を文子叔母名義にすることになった、それでいいね、というものだった。

わたしに異論などあるはずはないのに、いいね、とわざわざ訊いてくるのは、夫が自分の心の奥に、ほんとうにそれでいいのだな、と自問する部分があったからなのだろう。

財産にこだわっているというのではない。長年一緒に生活して徐々にわかってきたことだが、夫は、「島人《しまんちゅ》」になりきれはしないが、「内地人《やまとんちゅ》」にもなりきれない、永遠に内地を旅する「旅人《たびんちゅ》」なのだった。帰る意志はない、と言い切りながら、帰れる土地があることが心のどこかで拠り所になっている、そんな旅人だった。

姑もそれは同じだろう。いや、決して島言葉を忘れない姑には、それ以上のものがあるに違いない。そう思うと、このことを姑は知っているのだろうか、という疑問が湧いた。文子叔母に相続させることをあれほど嫌っていたアジの、畑に関するこれまでの言動を思い出すと、アジの了解した話ではないのではないか、そんな疑問も湧いた。

が、島は所詮、わたしには遠いものだった。

夫が納得したのなら、とわたしは結局何も訊かなかった。

千枝を抱いたまま、高志の遊ぶ波打ち際に立って、夫が沖合の波頭や左手に見える岩場を見ている。風に吹かれる姿が、心なしか、淋しげに見える。

子どもの頃、やはりこの位置に立って、夫はこの海を眺めたことがあるのだろうか、と思った。

わたしも子どもの頃、よく海を眺めたものだ。わたしの場合は珊瑚礁の海ではなく、故郷である茨城の北端の、魚市場から見る太平洋だったが……。

開発が進んで、そのあたりの風景は様変わりした。けれども、実家に帰るたびに、わたしは、たいてい一度は港を見に出かける。

公園が出来、洒落た橋がかかり、港の一角は変わってしまったが、湾を見下ろすように立つ白い岩肌の崖や、カーブを描いた海岸線の奥に見える青い山並み、二ツ島と呼ばれる小ぶりの島、うねる海面のたてる音と匂い、そんなものは変わっていなかった。取り残されたように建つ昔の建物を、新しい町並みのなかに見つけることもあった。

故郷の港に立つとき、わたしはそこに、昔の小さな港を重ね合わせて見ていた。子どもだったわたしが蟹や小魚を捕って遊んだ岩場。初潮を迎え、友だちとヒソヒソ情報を交換しあった干し網の陰。成長して、ものを思った堤防……。風景の奥に、わたしは自分のなかを流れた時間を見ていたのだ。

「島」にこだわる島人の感情を、わたしはこれまで特殊なもののように思ってきたが、その根のところは案外同じなのかも知れない。

わたしは夫のそばに歩いて行って、

「スッキリして、かえって良かったじゃない。島の土地をあなたが持っていたって、どうすることもできないもの」

と、励ますにしては空しい言葉を吐いた。

「ああ」

夫は下を向くと、

「これで、島との縁も切れたな」

と、しばらく沈黙を守ってから、

「お袋のために、あの家だけは残してもらうことにしたんだ。高志たちも、大きくなったら、島に来ることもあるだろうし……」

そう言って、足許の砂を靴の先で撫でた。

「さあて、行くとするか」

夫は、千枝を揺すりあげると、

「タカシー、行くぞおー」

と、何かを振り切ろうとするような声をあげた。

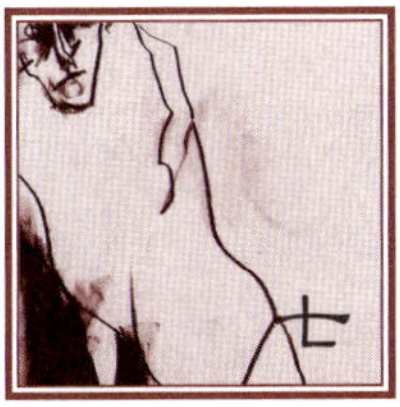

帰京して、二、三日すると、島からの荷物がぞくぞくと届いた。

わたしたちが作った荷物だけではない。千枝の背丈ほどもある胡蝶蘭の鉢植えや、一抱えもある立派な瓶に入った黒糖酒の古酒、桐の箱に入った紬の反物など、島の高価な特産品が新たに加わっていた。

アジがあれこれ迷って選んだ品なのだろう。

眠れない目を闇に見開いて、その手配について、アジはいろいろ思い巡らしたに違いない。夜が明けきらないうちから起き出して、真っ暗な道を娘夫婦の家に歩いていった、その一途な思いが、包みを開けるたびに溢れ出てくるようで、わたしは荷物を一つ開けるごとに、大きく息を吸い込まなければならなかった。帰島以来、胸にわだかまっているアジへの思いが、どうかすると切なく噴き出してくるのだった。

夫の帰宅を待って、礼を言うためにアジに電話をかけると、文子叔母の柔らかな声が出た。

アジは、もう寝床に就いたという。

「あんたたちが帰ってから、アジはものもよう食べんでねぇ。たーだ、こたつに坐ってるの。そうして、ふんわり笑ってるからねぇ、ものも食べずに何考えとるの、って聞いたら、こたつの周りに高志ちゃんやら千枝ちゃんやらが遊んどるのが見える、それを見てるのが楽しい、ちゅうてねぇ。ごはんを食べると、高志ちゃんや千枝ちゃんが消えてしまうから、それが惜しゅうて食べられん、ちゅうの。そんなことしとったら、死んでしまうよ。また会いたくないの、って言ったらね。そうねぇ、そんなら食べようかねぇ、ってやっと食べてねぇ。幻が見えるなんて、まったく得な性分だ、ありがたい、なんて言って笑っとるのよ」

叔母はそこで一息つくと、背後に人がいるのか、受話器を離して島言葉で何やら囁いてから、

「荷物、ついたね。壊れんと？　そりゃ、良かった。みんなも元気しとるね。哲郎はそこに居る？　それじゃあ、叔父さんがちょっと話したいって言うから、代わってくれんね？」

そう言って、また島言葉で何やら囁いた。少しの空白があって、叔父に受話器を渡すらしい気配がした。わたしも、

「叔父さんが話があるんですって」

夫に受話器を渡した。

「……いえ、こちらこそ」

「……ええ、出かけてるんです」

「……いや、いくら言っても聞きません」

受け答えをする夫の声だけが居間に響いた。会話から姑のことらしいと察せられた。

アジが出たら声を聞かせようと思い、電話のそばに呼んでおいた高志と千枝を、わたしは子ども部屋に連れていった。

子どもたちを寝かしつけてから、居間に戻ってみると、夫は食卓でひとり日本酒を飲んでいた。

「お袋のことを、アジが心配してるらしくてね。宗教狂いで家屋敷まで取られる人間がいるから、家と土地の権利証は家に置いておくな、そうぼくに言え、って叔父さんに言ったらしいよ。アジは、そういうことは、昔から抜け目のない人だから……」

夫はそう言って、盃を口に運ぶと、

「お袋に対してだろうけど、自分の孤独は自分で支えねば、って言ったそうだ」

それから少しの間、夫は黙っていた。

この日も姑は宗教の「道場」に出かけていた。アジに古い信念があるとしたら、わたしには新しい割り切り方がある。そのどちらをも持てず、両者の間を揺れ動いている姑は、ある意味で一番苦しいのかも知れなかった。一人息子である夫とも、姑は宗教のことで決裂している。たとえ自分の子どもでも、その配偶者と作る家庭の中で暮らす孤独感は、一人の淋しさより深いというから、姑の淋しさは一層なのかも知れない。その淋しさを癒すために、金さえ出せば受け入れてくれる宗教に入っているのだとしたら、わかっていて淋しさを埋めてやらない嫁のわたしが悪いのだろうか。

夫がわたしを非難しているのではないことはわかっていたが、わたしは、非難されているように感じる自分がいることを意識した。「嫁」というのは、見えない声にいつも強迫されている。そう言えば言えないこともなかったが、見えない声は、自分で自分を支えられない姑を情けなく思う自分の非情な心から聞こえてくるのだった。

「明日、ぼくの印鑑証明を二通取っておいてくれないか。土地のことで必要らしいんだ」

そう夫に頼まれて、ふと浮かんだことがあった。

「もしかしたら、アジは、先祖の土地を守ろうとしたのかしら」

「えっ?」

「お義母さんはあんなだし、あなたの会社は小さいし」

「ははは、そうかも知れない」

そうだとしたら、見事な人だ。わたしは、澱んだ心がなんとなく晴れていくような気がした。

「お袋には言うなよ」

「何のこと?」

「土地のことさ。叔父さんたちのことを何て言いだすかわからないからな。手続きが全部済んでから、折を見て話すよ」

「ええ」

夫が空になったらしい徳利に酒を注ぎ入れるのを見て、わたしも盃を出してきた。

「他には、何て?」

「会社で出している本を、何か送ってくれ、って」

その夜の晩酌から、一週間ほど経ったころだろうか。源叔父から夫宛てに手紙が届いた。

前略

旅の慌ただしさから解放されて、今は本来のお仕事に没頭されていることと思います。

皆さんもその後お変わりありませんか。

せっかく帰省されたのに、何のお構いもできず、申し訳なく思っております。しかし、親子揃って帰省され、うれしい思いでいっぱいでした。特にびっくりし、うれしく思ったのは、高志君の聡明な成長ぶりと初めて会った千枝ちゃんのとても可愛くお利口さんだったことです。二人のこれからの成長ぶりがとても楽しみです。

今度の皆さんの帰省で、一番喜んだのはアジでした。もともと芯の強い人ですから、人前ではあまりその情を強く表わさない人ですが、今度ばかりは例外で、私たちが見ていても、その喜びようは大変なものでした。

そのうえ帰りに哲郎君から小遣いまで貰い、アジの喜びは絶頂だったと思います。

「孫から貰った有難いお金だから、すぐ預金するように」

とのことで、文子がすぐ郵便局に預けました。今度の帰省で、アジも、これから伊集院家は東京で大いに繁栄してゆくことを、実感されたと思います。

それから、哲郎君が会社の代表になったことを、一同何よりも喜んでおります。競争

の烈しい東京で会社を運営してゆくことには、大変な努力が必要であることを、アジに話しますと、

「哲郎はヌンギムンドゥアンヤ」

と、すごく喜んでいました。

また、先日は、私がせがんだ図書をさっそく送っていただき、大変感謝しております。届いた日に、さっそくアジに見せたところ、びっくりするやら嬉しいやらで泣きそうにしていました。

本の末尾に「発行者　伊集院哲郎」とあるのを見て、何か誇らしい気持ちでいっぱいです。ほんとうに有難う。

アジのことは心配しないで、会社の発展と子どもさんの育成に全力投球して下さい。アジは、同じ年代の方たちと比べたら、体調も思考もずっとしっかりしています。しかし、いくら年はとっても皆さんのことをいつも気遣っていますから、つとめて電話で語って下さい。また時折りは帰省して、皆さんのお元気なようすを見せて喜ばせて下さい。

今夜は文子がアジのところへ行き、私一人なので、久しぶりにペンを執りました。

哲郎君よ、初心を忘れず、これからも大いに頑張って下さい。

皆さんもお元気で、またお会いしましょう。

草々

源叔父らしい手紙だった。夫に手渡されて読み終えると、

「ヌンギムンドゥアンヤって、どういう意味?」

島言葉の意味を訊いた。

「たいしたものだなあ、というほどの意味だけど、ニュアンスはちょっと伝えにくいな」

夫が少し考えるふうに、視線をちょっと上に向けた。

「まるで立身出世した会社社長みたいね。ほんとうにそう思ってるのかしら」

「さあね」

「ふふ、頑張らなきゃね」

「ははは」

夫は珍しく声に出して笑い、同封されていた委任状二通に署名をして、実印を押した。三つに折りたたみ、取っておいた印鑑証明書二通とともに封筒に入れると、しっかりと封をして、わたしに差し出した。

「明日、投函してくれないか」

「ええ」

「これですべてが終わるわけじゃないけどな……」

「ええ」

けれどもわたしには、やはり「島」が、夫のなかで少し遠ざかったように思えた。アジの

ことは重荷だったにせよ、夫はどこかで、その重荷に支えられている部分があったのだ。

ぼんやりしている夫に、

「お酒、一本つけようか」

わたしはサービスして、肴に、夫の好きなニラとハムの入った卵焼きを焼いた。島の卵に比べて、殻が薄紙のようにヤワに感じられた。

委任状は、三日後に届いたようだった。

源叔父から電話があり、まだ帰宅していなかった夫に、

「ミフェディロ」（ありがとう）

との伝言があった。

東京の寒さや帰京後のことを話して、アジのようすを尋ねるわたしに、叔父は、細々とアジの近況を教えてくれてから、

「そう、そう。あんたたちが来ていた間、アジは緊張していたのかね、あんたたちが帰ってから、とても頭がはっきりしてね。ボケが治ってしまったみたいなの。記憶が非常にはっきりしてね」

と、急に声の調子を変えて言った。深いところで驚いたような、不思議な響きをもった声だった。

〈了〉

参考文献

大野俊郎『たびんちゅ』（山梨日々新聞社、一九九九年六月）

あとがき

鳥居昭彦さんは美しい本をつくる人である。

彼のつくったシングルカット・コレクションを手にしたとき、その美しさに打たれた。

本はその内容だけではない。それをどう見せるかも、とても重要なことだと、その本たちは語っているように見えた。

いま世のなかは電子媒体の時代である。わたしも毎日、パソコンやスマートフォンをひらいては、デジタル情報に接している。ときには電子書籍も読む。

けれども、心がさわがしいとき、手を伸ばしたくなるのは本だ。紙の手ざわりや匂い、重さ、ページを繰るときの感触などが、言葉の紡ぎだすものをまっすぐ心のなかに届けてくれる気がする。

この本におさめた五編の小説は、ほとんどが新聞や雑誌に発表した原稿に手を入れたものである。それぞれテイストは異なるが、一冊の本にまとめることで、読むひとの心にひとすじ響くものがあればと思う。

よい響きを生むには、よい共鳴箱が必要である。

その願いを、具体的なかたちにして下さった鳥居昭彦さんに、心から感謝の意を表したい。

二〇一五年 十一月

著者

初出

「親知らず」　『かいだん』第三九号（一九九九年四月）
「遠い空の下の」　書き下ろし
「冬の陽に」　『千葉日報』（二〇〇六年四月二三日）
「ゆきあいの空」　『かいだん』第一四号（一九九〇年七月）
「アジ——祖母さん」　『海燕』一九九五年三月号

小沢美智恵（おざわ・みちえ）

一九五四年、茨城県北茨城市生まれ。

千葉大学人文学部人文学科国語国文学専攻卒業。

一九九三年、小説「妹たち」で第一回川又新人文学賞受賞。

一九九五年、評伝「嘆きよ、僕をつらぬけ」で、第二回蓮如賞優秀賞受賞。

二〇〇六年、小説「冬の陽に」で、第四九回千葉文学賞受賞。

著書に、『嘆きよ、僕をつらぬけ』（河出書房新社、一九九六年一月）、『響け、わたしを呼ぶ声』（八千代出版、二〇一〇年一〇月）など。

遠い空の下の

発行日：2015年11月25日　初版第1刷
著　者：小沢美智恵
発行者：鳥居昭彦
発行所：株式会社 シングルカット
東京都北区志茂1-27-20　〒115-0042
Tel: 03-5249-4300　Fax: 03-5249-4301
e-mail: info@singlecut.co.jp
印刷・製本：シナノ書籍印刷株式会社

　ISBN9784-938737-63-4　C0093